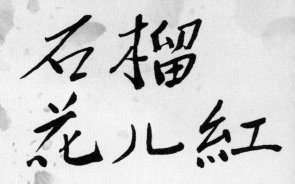

石榴
花儿红

李寿生　著

作家出版社

目　录

序

她在丛中笑

和李寿生认识多年了。一是因为他在陕西工作了较长时间，视陕西为他的第二故乡，和我这个老陕有了"乡党"关系，在逢年过节时有过几次聚会；二是因为我们年龄相仿，属于同一代人，在很多问题上有相近相同的感受认识，是为相知；三是因为他在繁忙的化工部、国家经贸委和国资委工作之余，有浓郁的文学创作情结，我在担任《报告文学》主编的时候发表过他的作品，和我又是文友关系。因为有了这样几层关系，多年来，虽然平常各自在忙工作范围内的事，见面交集并不多，但彼此可都是将对方放在心里的！

数日前，寿生来电话说，要将陆续抽空写的一些报告文学作品结集出版，希望我看看，可否写个小序言。对这样的事，我支持并不推辞写个短文的要求。"为君持酒劝斜阳，且向花间留晚照。"朋友的喜事，能够躬逢其盛，乃一快事矣！

在书中，寿生写了《石榴花儿红》的自序。这篇序文虽短，但内容非常真诚丰富，具有很浓的社会人生沧桑感。作者简洁地回顾和抒发了如今年近七十岁、时常被人们统称为"老三届"的这一代人的幸与不幸、艰辛与牺牲、失去与收获、坎坷与贡献等丰富内容。这些看法是可以引起一代人的共鸣。人活到世间，很难做到"世事浮云何足问，不如高卧且加餐"的，总会有各样的涉及与纠缠，孑然一身度此生，只是一个美好的向往！但历史总会有公平的评价。不管这一代人曾经有过幼稚和过错，有过不幸和牺牲，但事实是，在这些人成为中坚的时候，伴随着国家改革开放的脚步为社会奉献了特殊作用和力量。可以说，中国的今天，如果没有这一代人的存在和作为，现实的所有存在都是不可想象的。这就是一代人的经历和一个国家历史无法分割的现实。历史就是历史，无法假设和重写。李寿生的感慨感受，不是哀叹，是站在中国改革开放历史转折关口的沉思与评鉴。

李寿生的本职工作，我了解得很少。但他一定是个尽职并很有才干作为的人。否则，如何可以自陕西到北京，从基层到中枢，由干部到领导。单从收集到这里的几篇报告文学作品看，李寿生也是个不凡的人。化工业务，那是与文学创作存在着很大距离的领域，但李寿生能够通过自己的观察、采访、感受和表达，将二者统一起来，这很不容易。在认真地阅读了这些报告文学作品后，我甚至有点吃惊，学理工的李寿生，他在运用报告文学这样的特殊表达手段时，也能够将诸如个人、文学、化学、时代、社会、国家、精神、情感等很多的内容成分作很好的分解融合，最后以个性的作品呈现出来。像《迟到的大学生》，作品描述阎薇芬宁愿忍受着很多生活艰难，后来还有经历丈夫患癌症手术化疗病逝这样巨大的不幸灾祸，坚持考学读书，最后以常人难以承受的意志力出色完成学业的故事，就非常令人震撼和深思。作品成功的地方，在于作者深知阎薇芬之所以坚决并甘愿付出这一切沉重困苦的内心动力，是因为非常珍惜此前因社会动荡而丧失的进大学求学的理想愿望和追求精神。人物对被阴晦的岁月伤害和世事损毁的人生与事业梦想的不弃性格，被作者用真实动人的人物行动故事诠释得十分成功。这样带有悲壮故事的书写，让阎薇芬顽强的性格和坚毅的精神追求在与社会历史环境的冲突中得到了很好的凸显，令人沉思和感动。作品篇幅虽小，可内容密实丰富，存在很强的感染力量。其实，在《"MBA"的神圣殿堂》里，也有类似的主题因素。一些已经是厂长、高工或管理骨干的人，之所以宁愿肩负着重压、忍受着周围人们的误解，业余攻读学业，除了实现自己人生事业的更高理想，对国家有更大的担当，不也是对此前失落机会的纠正和填补吗！这些作品，围绕人物的真实人生和精神内容而展开故事叙述，将对人物心灵和精神意志性格的表现置于中心，没有陷入很多作家重故事而忽略人物的泥潭，是得了文学创作真谛的作为。

《"将军"与鞋王》《冠军手中的"秘密武器"》以及《澎湃东方》这几篇，作品题材接触的是化工系统的人物和故事，作品里像青岛双星集团老总汪海、天津橡胶工业研究所科技人员李树洲、领舞全球MDI的烟台万华集团的丁建生与廖增太等人，在企业发展和产品研制过程中的曲折传奇成功情形，读来令人振奋和别有趣味感受。汪海在美国脱鞋举在手上解除记者疑惑的情形；李树洲颇费心思研制出"729"乒乓球拍胶皮，力助郗恩庭战胜强劲对手，夺得世界冠军为国争光的情形；万华人不屈服压力在全球市场领舞的奋进情景等，都很激情地书写了人物的意志力量和智慧决断，以及对事业、对国家的使命担当情怀，有惊喜动魄的故事，也有深入的人物精神情感展示。读来令人振奋、钦佩和对其产生敬意。

而像《放歌"神六"》《九天揽月壮歌行》《渤海湾畔的丰碑》《山花烂漫未必总在春天》这几篇，更是在重大的题材对象和国家化工发展历史的进程中，在对人物事业曲折的回望中，展现了国家科技进步的辉煌成果，追踪记录了化工领域、体育战线前辈人物的奉献精神和奋斗身影，为人们展开了更加阔大和激动人心的场景。这些作品很充分地体现了李寿生在理解和运用报告文学这种特殊文体过程中的从容和灵智特点。对于像"神六""探月"这样很能体现国家性格和科技实力的事件对象，李寿生作为一个"局外人"、非专业作家，却积极走近，热情参与表达，动情地传递其中曲折传奇，又在很多地方表现出航天人的理想坚持、使命担当、智慧研发创新、赶超世界前沿等性格和精神的精彩动人故事，很使我意外和尊敬。而在《渤海湾畔的丰碑》里，李寿生又探析历史，在真实客观的历史事实和进程改变中，深情地对范旭东、侯德榜、李佐华等化工前辈的国家精神、职业奉献、高尚人格、专业智慧等进行了精简的叙述。这一切，无不表现着作者的价值取向和写作态度，也同时使自己的报告文学，在"经世致用"中焕发出生命和力量。

自然，李寿生业余写作的这些作品，虽然很有个性价值，但毕竟数量还少。我们不能够向一个业余作家要求的太多。但是，这样创作的经历对李寿生非常重要。如果说此前他因为本职公务繁忙，难以在文学创作上投入更多时间的话，那么在退休之后，文学创作或许可以成为他的又一个事业选项，使自己的人生再开辟出一个自由广阔的天地。

祝贺李寿生著作出版！

祝我的乡党、相知、文友李寿生兄身体健康，心情愉快！

李炳银

2019 年 4 月 10 日于北京

自序

石榴花儿红
——写在报告文学集出版的时刻

我幸运地同新中国同年诞生。1949 年是中国人民从此站起来的时刻。从此，我的人生就同新中国的成长紧紧地联系在了一起，就像春夏陪伴秋冬一样，水乳交融、形影相随。

我们这代人有着同父辈和下一代所没有过的特殊经历。我们的童年生活在明媚温暖的阳光之下，长身体的时候经历了难忘的"三年困难时期"，上学时光又遭遇了轰轰烈烈的"文化大革命"，工作时又赶上了"上山下乡"，成家时又成为"独生子女"政策的承担者，立业时我们又要和儿女一起背上书包上学，成为"工农兵学员"……回顾七十年的人生，我们几乎经历了共和国所有的"不幸"。

也有人曾经抱怨，"为什么历史让我们这一代人遭遇如此多的'不幸'？"但回想我们人生七十年历史的时刻，特别是当我们把个人的经历同共和国探索发展道路联系在一起的时候，我们从内心深深感受到，开创社会主义道路，这是一项前无古人的伟大事业。开创中国特色社会主义道路更是充满曲折、充满探索。我们这代人的所有"不幸"，其实就是我们这代人为开创社会主义道路、为探索中国特色社会主义道路而付出的代价，做出的牺牲。但我们同父辈不同的是，我们在付出"不幸"代价的同时，还迎来了改革开放"幸运"的好时代。

有人把我们这代人统称为"老三届"。其实，我认为这个称呼代表不了我们这代人的本质。回顾我们这代人七十年的历史，我们更加深刻地感受到我们是为探索中国特色社会主义道路而付出代价和牺牲的一代人，是同新中国探索改革开放道路同呼吸、共命运，奉献出青春和热血的一代人。我们这代人的本质，就在于我们既坚守历史传统，又坚信改革开放。我们深知，选择中国特色社会主义这条道路，需要多么大的魄力、勇气和智慧。这条道路的选择真是来之不易！

俄罗斯著名的哲学家和文艺评论家别林斯基曾经讲过一句名言："不幸是一所最好的大学。"我们这代人的特殊经历，铸就了我们这代人特殊的性格，也使我们拥有了我们这代人特有的人生财富。

由于我们这代人经历了太多的"失去"，所以，我们更加懂得"珍惜"，珍惜上苍给我们的一切生活、学习和工作的机遇，让我们更加懂得了热爱，热爱生活中到来的每一个今天、明天和未来，哪怕是一缕阳光，我们都会欣喜若狂。

由于我们这代人经历了太多的"磨难"，所以，我们更加懂得"坚强"，相信一切磨难都会过去，一切艰辛都能克服，我们的骨子里有那么一种"新松恨不高千尺"的倔强。

由于我们这代人经历了太多的"艰辛"，所以，我们更加懂得"奋斗"，相信奋斗可以改变人生，相信奋斗可以改变命运，相信奋斗可以成就事业。

由于我们这代人经历了太多的"风雨"，所以，我们更加懂得"感恩"。感恩在我们绝望中、在我们无助时伸手帮助过我们的人，甚至在最困难的时刻给过我们一丝同情眼光的人。

人生的经历是不可替代的。正由于我们这代人的特殊经历，使我们这代人更加自信、更加务实、更加成熟。"不幸"是我们的财富，"磨难"是我们的熔炉，"奋斗"是我们的幸福。我们从不后悔我们经历的过去，我们十分珍爱我们的今天，我们更加相信我们的未来。

我在陕西生活、工作了四十多年，对陕西的山山水水有着特殊的感情。当我回顾我们这代人七十年历史经历的时候，我脑海中忽然浮现出骊山脚下那一片壮观的石榴园。每当春天来临时，火红火红的石榴花争鲜斗艳，在满山翠绿的树海中那样耀眼。这火红火红的石榴花，不正象征着我们这代人对生活、对学习、对事业的深情热爱吗？当秋天到来的时候，沉甸甸的大石榴，低垂着硕果累累的脑袋，没有一点儿的张扬和自傲，不正象征着我们这一代人对名利、对地位、对金钱的谦逊低调的追求吗？那紧密团抱的石榴子，恰到好处的酸甜口感和丰富多味的营养，不正象征着我们这一代人酸甜苦辣、丰富多彩的人生经历吗？

我们深知，历史是奔腾不息的，时代是交替更迭的。但我们坚信，我们的未来会更加美好，我们的事业会更加发展，我们的祖国会更加繁荣。这是因为，长江后浪推前浪，后浪更比前浪强。这是历史的规律。我们这代人都十分喜爱毛泽东主席的词《卜算子·咏梅》，我甚至把这首词背得滚瓜烂熟。"风雨送春归，飞雪迎春到。已是悬崖百丈冰，犹有花枝俏。"但我更喜欢的还是后面的四句，"俏也不争春，只把春来报。待到山花烂漫时，她在丛中笑。"后面这四句，不正从心底表达了我们这代人的追求、性格和信仰吗？

我长期在经济部门工作，工作中也同文字打交道较多。在长期的工作学习中，在深入企业基层调研中，我常常可以得到许多人得不到的信息、资料，也常常有机会同许多特殊人物进行情感交流。在完成工作调研的同时，我也感觉到这些信息、资料和情感交流的宝贵。这些宝贵的"原材料"如不加以利用，实在是太可惜、太浪费了。于是我就利用业余时间，将这些在我心中有冲动欲望的"原材料"，加工成了一些报告文学作品。这些报告文学基本上反映的都是我们这代人生活、学习和事业奋斗的故事。这些报告文学从不同的侧面，真实地反映了我们这代人对人生、对生活、对事业的不懈追求和真挚深情。这些报告文学先后发表在多种报章杂志上，承蒙读者和评委的厚爱，有些作品还获得了一些"奖"。

多年来，周围的朋友曾多次建议我把这些散见于各种报章杂志的文学作品汇集成册，我羞愧于我的文字水平，始终不敢做这件事情。今年正值我和共和国七十周年的日子，周围的朋友又催促这件事，他们还主动把我的作品收集起来送到了几家出版社。几家出版社的热情、鼓励和支持，特别是作家出版社的诚挚建议，终于使我下了结集出版的决心。

历史终将成为过去。当我们即将退出历史舞台的时刻，最当紧的一句话，就是我们这代人给历史留下了什么？回顾这七十年的历史，我们可以当之无愧地说：我们给历史留下了一串属于我们这代人的奋斗足迹！

在忐忑不安中出版的这本工作之余创作的报告文学集，算是我——共和国同龄人奉献给祖国和我们这代人生日的一个饱含深情的节日礼物吧！

迟到的大学生

不幸是一所最好的大学。

——别林斯基

她，嘴角挂着欢笑，眼角含着泪花。

此刻，她正坐在陕西省工业管理干部学院毕业典礼的会场上，既有全体学员共有的喜悦，又有大家所没有的悲伤。当她抚摸着手中的毕业证书时，她那澎湃的心潮像冲破了闸门的洪涛，激荡起对这九百一十三天学习历程的滚滚思绪。这思绪——

是一首悲痛与欢乐的交响曲；

是一曲理想和爱情的心歌！

她，叫阎薇芬，入学前是陕西省咸阳石油钢管钢绳厂的干部。

求　学

1982 年，党中央关于大规模开展成人高等教育的决定，像春风一样吹进了阎薇芬的心田，埋藏多年的上大学的夙愿又萌发了。

阎薇芬是一个成绩优秀的高中六六级毕业生。上大学，对一个成绩优秀的中学生来讲，是一件多么令人神往的事啊！但是，一场"史无前例"的浩劫，打乱了整个社会的正常秩序，也卷走了这一代人上大学的美好愿望。如今，已经是两个孩子母亲的薇芬，想去报考、去追求那本来属于她的但却被历史耽误而推迟来到的上大学的机会。

听说她想去考大学，周围不少同志都劝她说："算了吧，薇芬！已经是三十好几的人啦，拖儿带女的。劳那个神图个啥呀？"

是呵，要论工作，在别人眼里，工厂劳资科的工作既轻松又有"权"。

论家庭，她有一个幸福的家庭。爱人张锁成是现役军人，空军十六航校修理厂的副厂长。患难中建立的爱情，使这个家庭的信任、温情和体贴格外动人……

但阎薇芬想的却不只是这些——

每当她看到企业里混乱的管理和落后的生产局面，心里总有一股说不出来的滋味。而苦恼中的冷静思索，又使她深深地懂得：明天的历史，将是我们这代人的历史。如果我们这代人，没有现代科学的头脑，没有赶超世界先进水平的本领，怎能实现社会主义现代化呢？

心相连，情相通。当阎薇芬把她的想法告诉爱人时，张锁成被妻子的恳切言语感动了。他深情地说：

"阿芬，咱们家每周只能团聚一次，从感情上讲，我不愿意你离开；但这次学习机会确实来之不易，你有学习的决心，我支持你去！"

刚刚开始的成人教育，使她有机会在同一年进入两个考场。她以优异的成绩，考入了抚顺石油学院自动化系管理工程专业；同时，又以总分第二名的成绩，考入了陕西省工业管理干部学院。兴奋的阎薇芬，按照接到入学通知书的先后顺序，动身去东北上学了。

阎薇芬的求学，使这个团聚的家庭随之而"解体"。一个孩子送到了娘家，一个孩子送到了上海亲戚家。当丈夫到火车站送行时，她看着即将开始孤独生活的丈夫，心中涌起无限的惆怅。她本想说句"你留在西北，我去闯闯关东"的俏皮话，来安慰一下丈夫，但做妻子特有的感情，使她什么都没有说，只是流下了内疚的泪水。锁成看着落泪的妻子，却朗朗地笑着说：

"好好学习去吧，等你毕业后，咱们再团聚！"

飞 祸

大学的生活是欢乐的，更是紧张的。

从跨入校门的第一天起，阎薇芬就一头钻进了学习之中。她以优异的学习成绩，被同学们推选为班上的学习委员。

就在第一学期期末考试即将来临的时候，阎薇芬突然收到了丈夫一封语气与往常不同的来信：

"阿芬，现在，我比以往任何时候都希望你能学习得更好些。这次学习，你付出的代价是很大的，你一定要珍惜这次学习的机会啊……"

"最近，我检查了一下身体，有点小毛病。不过请你不要紧张。我准备离开工作岗位一段时间，治治病，休息一下……"

几天后，阎薇芬的弟弟小光从西安来到学校。看着突然到来的弟弟，薇芬急切地问：

"小光，是不是家里出了什么事？"

弟弟低头沉默了一会儿，从口袋里掏出一封信："姐姐，你能否请假回去一趟？"

抖开信纸，几行歪歪扭扭的字迹跳入她的眼帘：

"阿芬，我动了一个小手术，人生病时，格外想念自己的亲人，我很想让你回来一趟。让你回来，我很内疚，也觉得对不起你，因为这样会影响你的学习……"

原来，丈夫得的是食道鳞状细胞癌，发现时已经到了二期。这是一次大型手术，手术打开了锁成的胸腔，去掉了一根肋骨，锁骨处还开了一个十几厘米长的刀口。手术将食道全部切除，把胃从腹腔提到胸腔，又将胃和食道在颈部吻合。

"癌症?！"这两个字像晴天霹雳一般，一下子把阎薇芬击蒙了！她根本无法相信体魄魁梧的丈夫会得这种病。她再也控制不住自己的感情，第一次当着弟弟的面失声痛哭起来。

在医院里，阎薇芬看着虚弱地躺在病床上，同半年前判若两人的丈夫，泪水挂满了悲伤的面颊……

锁成缓缓地拉起妻子的手，平静地说："阿芬，既然你什么都知道了，就要想开点，一定要坚强。"

面对坚强的丈夫，阎薇芬擦去了满脸的泪水。她决心以一个妻子的全部力量，给身患绝症的丈夫倾注感情的温暖、生活的勇气和战胜病魔的信心！

手术后，为了避免体内器官的粘连，阎薇芬每天都搀扶着丈夫，在医院的长廊里行走十几个来回。锁成每艰难地走几步，就大汗淋漓地靠着妻子的身体休息一会儿。

此时的长廊，显得是那样的长。锁成对妻子说："你看，前面的路多长啊！你以后的路还长着呢，你要坚强一些，坚强地把这路走完！"

妻子会意地点点头，说："锁成，咱们一齐走！"丈夫深情地说："阿芬！我尽量陪着你走，尽量多陪你一程！"

抉 择

手术后，不到二十天，锁成就发起了高烧。高烧又引起了急性肾炎，紧接着又并发了尿毒症，全身一下子浮肿起来，皮肤像涂了一层透亮的黄蜡。经过治疗，高烧虽然退下来了，但尿毒症引起的高血压却又找上来了……

好在此时学校已经放了寒假，薇芬就把整个心思都扑在料理丈夫的生活上。

这时的锁成一点东西也吃不进去，吃一口，吐一口。为了能让丈夫吃点东西，薇芬想尽了一切办法。只要是丈夫想吃的、爱吃的，她都尽力去买，精心来做。坚强的锁成，为了战胜疾病，也顽强地在吃；吃完就吐，吐完又吃。他知道，这每一顿饭，每一个花样，都渗透着妻子多少心血和期望！所以，每吃完一顿饭，他就乐观地宽慰妻子说："你看，我吃了三口，吐了两口，肚子里还留了一口，这不是你的成果吗！"

转眼，一个多月的寒假就要结束了。随着开学日期的临近，现实迫使阎薇芬不得不进行一次艰难的抉择。

一面是重病中的丈夫，一面是自己追求多年的学业。在这两者的天平上，阎薇芬无论如何也想不出平衡的万全之策。出于对丈夫感情的忠贞，出于妻子的责任，薇芬决定放弃对学业的追求，用自己全部的心血和感情，照顾好重病中的亲人。她对丈夫说："锁成，你正在治疗，需要有人照顾，这个学我就不上了。"锁成沉默了。他明白妻子对自己的感情，但更了解妻子对学业的追求。为了有个上大学的机会，妻子盼了多少个春夏秋冬；为了考上大学，妻子又熬了多少个日日夜夜。今天，怎么能让她为自己放弃已经开始的学业呢！他果断地对妻子说：

"组织上为了培养你付出了多大的代价，你自己又是用多少汗水才赢得了这次学习机会！不要因为我的病，就轻易放弃学业……"

"可是，你现在这个样子，我无论如何也走不开啊！"

丈夫突然想起："哎，你不是也考上省工业管理干部学院了吗？能否转到西安上？"

"真的！"薇芬喜出望外，"如果能转西安，问题不就解决了吗！"

就在丈夫住进第四军医大学，开始手术后第一个化学药物治疗疗程的时候，阎薇芬也跨入了陕西省工业管理干部学院的大门，开始了第二学期的学习。

抗　争

从这时起，阎薇芬就开始了上午到校学习，下午料理病人的艰难奔波生活。

她的每一天，都是用爱情和意志、信心和力量在两个战场的搏击中度过的。她是一个学生，需要在学业上苦战；同时，她又是一个妻子，还要同丈夫一起与病魔角力。从坎坷经历中磨炼出来的阎薇芬，具有这代人所共有的强毅性格，正是这种性格，支持着阎薇芬，同困难、同懦弱、同病魔进行着不屈的抗争。

张锁成第一个疗程的化疗下来，头发全部脱落，口腔溃烂，胸闷气短，手上每一个小关节都长满了厚厚的增生物。化疗的副作用，使他浑身像散了架似的瘫软，连公共汽车的大门都迈不上去。

为了照顾出院后的丈夫尽快恢复，薇芬就在附近的农村租了一间简陋的民房。一天，薇芬正在上课，天忽然下起了大雨。一下课，她就急急忙忙往家里跑。推开家门，一幅凄凉的场面，使她的心痛苦地缩成了一团。放床的地方，正是漏雨严重的地方。无力起床的丈夫，艰难地用一块只能盖住半边床的塑料布，遮盖在棉被上，剩下半边床，摆了三个接水的脸盆。随着屋顶滴水的响声，锁成那没有头发的脑袋上，也从上往下滴淌着雨水……为了丈夫，薇芬可以毫无怨言地承受各种磨难，但她却看不得丈夫受一丁点儿委屈。她扑上去将丈夫从床上扶起来，扒掉盖在床上的塑料布，一个人拼着力气，搬起了床板，将床重新支在一个不漏雨的地方。

生活常常是悲喜相依的。有一段时间，在薇芬和锁成苦难的生活中，也出现了令人兴奋的转机。停止化疗一个多月以后，锁成的头发慢慢长出来了，饭量也增加了，也能出外散步了。春季的一个星期天，夫妻俩一块兴致勃勃地来到兴庆宫公园。这里，是他们俩初恋的地方。他们俩坐在初次见面时的沉香亭边的石山上。初春的阳光，静静地洒在他们俩的身上。山下是一片嫩绿的草坪，一株株抗过严冬的小草，顽强地从泥土中探出脑袋，呼吸着春天的气息，追逐着温暖的阳光。锁成入迷地看着这一片充满生机的"生命绿洲"，看着坐在草坪上那一对对热恋中的青年男女，动情地对妻子说："阿芬，今天咱们再谈一次恋爱吧！"

薇芬羞涩地笑道："上次谈恋爱，你欠我的账还没有还呢！你曾答应旅行结婚，可你……"

"对，对！"锁成开怀地笑着说，"这次谈恋爱，我一定补上！带着你去杭州、苏州、无锡、上海重度蜜月。将来，两个孩子长大了，我还要带着他们回一趟江苏老家，让他们看一看家乡那青青的山、绿绿的水……"

从此，这个小小的家庭不时传出欢歌笑语。锁成每天替薇芬到农贸市场把菜买回来，亲自动手把饭做好，薇芬下课一进门，锁成就对着自己亲手做出的丰盛菜肴，自豪地对妻子说："现在，我也可以帮助你了，有了我这个'后勤部长'，你就好好学习吧！"

　　坐在饭桌旁的阎薇芬，兴奋地对丈夫说："说不定在你的身上，还会出现战胜癌症的奇迹呢！"

　　锁成看着激动的妻子，感慨地说："是啊，叫我就这样离开人世，也太遗憾了，我才三十六岁，身上的力气还远远没有使完呢……"

　　1984年的夏末，锁成开始急剧消瘦下去，锁骨周围的疼痛日益严重。紧接着，颈部、锁骨上的淋巴结都肿大起来。癌症扩散了！

　　为了让丈夫在最后的时刻，能更多地享受一下天伦之乐，薇芬不顾自己沉重的生活负担，毅然从上海把儿子接到了身边……

　　丈夫的病越来越重，生活的路也越来越艰难，而薇芬的性格却越来越倔强。

　　那天，在东郊医院看完病，已经是晚上八点多钟了。郊区的末班汽车早已收车。要从郊区走到市区，这对锁成来讲是多么艰难哟！薇芬看着走几步就在地上痛苦地蹲一会儿的丈夫，只好硬着头皮站在马路上挡车。一位骑自行车的好心人听完薇芬的诉说，慷慨相助。自行车带着丈夫在前面飞驰，薇芬拉着八岁的儿子在后面拼命追着。他们很快就上气不接下气，自行车的影子越来越小，终于看不到了……等薇芬和儿子气喘吁吁地跑到市区汽车站时，锁成已等候多时了。

他们从市区公共汽车终点站下车时，已是晚上十点多钟了。天下起了小雨，这里离他们的住处还有三里多路。他们只好慢慢地向家里移动。每走一步，钻心的疼痛使锁成连腰都直不起来。他把身子趴在妻子和儿子的肩头，依靠他们的支撑艰难地挪动着步子。心急如焚的薇芬对丈夫说："干脆，我背着你走！"没走多远，薇芬疲惫的双腿就发软了，大颗大颗的汗珠顺着她的发丝向下流淌。她咬着牙坚持着。突然，她脚下一闪，重重地跌倒了。她顾不上自己的疼痛，一骨碌爬起来，连忙扶起丈夫，急切地问："摔着了没有？摔着了没有？"丈夫的眼眶里涌满了泪水，他再也不忍心让妻子背他了，便一只手扒在妻子的身上，另一只手搂住孩子的肩头，用尽全身的力气，艰难地迈步。一家三口，冒着蒙蒙的细雨，顶着飕飕的凉风，在浓墨般的黑夜里踉跄行进……

在如此艰难的生活中，薇芬还要完成学习任务。时间，对她来讲，简直比金子还要珍贵，哪怕是一分一秒的零星时间，她也从不放过。

隆冬，在呼啸的寒风中，她用冻僵的双手捧着小本子，跺着双脚，利用等公共汽车的间隙，背诵英语单词……

医院，在丈夫的病床旁，她抓紧丈夫打吊针的时间，趴在狭小的病床上，完成一道道高等数学作业……

深夜，在那间简陋的民房里，她坐在蜂窝煤炉前的小凳上，一面留意着煎熬的中药，一面翻动着放在膝盖上的课本……

这一个个学习的场面，多么像俄罗斯著名油画《伏尔加河上的纤夫》啊：肩头，是粗壮的纤绳；身后，是沉重的拖船。低垂着昏沉的脑袋，挣扎着几乎和地面平行的身躯。河滩的石砾上深深地留下了一长串沾满血迹、汗水的脚印……

就这样，阎薇芬以坚强的意志和毅力，走完了第二、第三、第四个学期的艰难路程。

关　口

第五学期——也就是阎薇芬在大学学习的最后一个学期——开学不久，锁成的食道全部堵死了，生命完全靠输液来维持。几天后，接到了病危通知书，锁成在人世间生存的时间不多了。

学习、病人都到了最后的关头；学业的闯关和凶恶的死神几乎在同一时刻摊牌！

绝望的薇芬，再也抵挡不住同时袭来的挑战。她打算退却了。她想推迟一年参加毕业考试，陪伴丈夫度过人生的最后时刻。

听说她想休学，从未对妻子动过怒的丈夫发火了："这么多困难，你都克服了；只剩下最后一段时间了，你为什么不上?！"

班级党支部了解到她的想法后，果断地告诉她："困难，大家帮助你克服，决不让一个同学掉队！"这暖心的话语，给了薇芬多大的鼓舞啊！为让阎薇芬有更多复习功课的时间，党支部决定每天轮流派一个同学到医院帮助护理病人。有的同学，还主动承担了给薇芬辅导功课的任务。

正在这个节骨眼上，儿子又突然病倒了。高烧持续十四天不退，而且查不出病因，也住进了医院。父子二人，一个躺在二楼输液降温，一个在四楼插氧抢救。可怜的阎薇芬，一会儿跑到楼下儿子的病房，查查体温，帮助儿子擦去头上的汗水；一会儿跑到楼上丈夫的病房，看看输氧装置是否正常……整整十几天，薇芬几乎没有睡过一个囫囵觉。

11月21日深夜，锁成忽然对劳累了一天的妻子说："阿——芬——，今天你晚点走，在这儿歇会儿……"他用手指了指床边的枕头。薇芬顺从地点了点头。

沉默了一会儿，锁成伸出颤抖的双手握住薇芬的手。好冰凉的一双手啊！薇芬用她那热烘烘的手，抚摸着丈夫的双手。她多想把全身的热量都倾注到丈夫身上啊！夫妻俩头挨着头，脸贴着脸，谁也没有说话。周围是那样的寂静。

看着锁成不断颤动的嘴唇，薇芬首先打破了宁静的气氛："锁成，你在想什么呢？"

"我，什么都想了，想得很多，很——多——"

稍停一会儿，锁成睁开眼睛，深情地凝视着妻子的双眸，费劲地说："我托付你三件事：第一，不管发生什么事情，你一定要坚持把学上完，这是我的心愿；第二，今后，你的担子很重，你要坚强……我父母都在农村，要照顾好他们……孩子也都小，全靠你了；第三，有机会见到部队领导，请把我病中的情况向他们汇报……"

泣不成声的薇芬，紧紧攥住丈夫的双手，一遍又一遍地说："锁成，你放心吧！这些事我都会办到，都会办好……"

锁成满意地闭上了眼睛，把薇芬的手轻轻地放在自己的脸上，说："阿芬啊，这一辈子我认识你，很值得，你对我太好了，太好了……"

22日上午九点多钟，学院的老师和同学们赶到医院，办事周到的副班长，拿着昨天全院大会上领发给薇芬的"三好学员"奖状，走到锁成的病床前轻声地说："老张，你看！这是阎薇芬同学的奖状，她被评为学院的'三好学生'，这和您在学习上对她的支持是分不开的！"

锁成费力地睁开双眼，把奖状细细地打量了一番，眼睛里闪烁着明亮的光彩："谢谢大家，谢谢同学们的帮助！"这声音，几乎同正常人一样清晰！说完这句话，一大滴眼泪顺着他的眼角重重地落在了枕巾上。这是锁成生前的最后一句话。

冲　刺

命运的安排竟是这样无情。锁成去世后，距离毕业考试只有不到三天的时间了。

阎薇芬在如此巨大的精神打击之下，还能够参加考试吗？同学们望着处于无限悲痛之中的阎薇芬，心中都替她捏一把汗。

"考试我要参加！"薇芬用噙满泪水的双眼，固执地望着周围的同学，"这不仅是锁成的嘱托，而且也是我应该向祖国交出的一份答卷！"

"丈夫都死了，还参加考试，不就是为了一张文凭吗！"社会上传来一种不理解的声音。薇芬的心在剧烈地翻腾着：如果仅仅是为了这张文凭，难道值得付出如此沉重的代价吗？我们这一代人在学业上苦苦的追求，包含着多么辛酸的经历和深刻的反省啊！

这代人经历了共和国所有的灾难：三年困难时期，十年浩劫……他们都付出了沉重的代价。政治冤案，可以平反；经济损失，可以补发。而失去的宝贵青春，谁人又能偿还呢？！这一代人，虽然历尽磨难，但他们的理想并没有泯灭，信心也没有丧失，意志更没有沉沦。相反，他们对事业、对生活、对前途的追求更加热烈，更加执着。因为，在这些灾难的风风雨雨中，他们得天独厚地成熟了！人世间，还有比一代人的成熟更可贵的东西吗？

25 日上午十点，阎薇芬带着悲痛和力量，带着信心和自豪，准时走进了考场。不！这不仅仅是一个考场，而且是一个神圣的战场！她像一名刚强的战士，从战壕里一跃而起，向着胜利的高地发起了最后的冲刺⋯⋯

她，终于以平均八十分的成绩通过了毕业考试！

她，不但以优异的成绩拿到了正规大学的毕业证书，而且，还从"不幸"的大学里领取到了生活的毕业证书！

巴金曾在托尔斯泰的名著《复活》的扉页上，动情地写下一句饱含哲理的名言："生活本身就是一场搏斗！"是的，阎薇芬上大学的历程，不正是一场这样的搏斗吗！生活的搏斗，锤炼了阎薇芬的性格。不仅如此，也锤炼了这一代人自强、自信、自立的刚毅性格。这性格，使这一代人，像负重的黄牛，像沉思的雄狮，像涅槃的凤凰⋯⋯

（此文发表于 1986 年 3 月 8 日《陕西日报》，

1986 年第 9 期《青年文摘》转载）

"MBA"的神圣殿堂

国外一位著名的经济学家曾经说过，"MBA"是一座殿堂，但为了跨入这座神圣殿堂，必须首先把你投入炼狱。

——题记

对于"MBA"这个名称，在 20 世纪 90 年代初时，也许大多数中国人对此都是陌生的，但在经济发达的西方国家却是一个头顶绚丽光环、令人神往的名称。

"MBA"是英文"Master of Business Administration"——工商管理硕士的缩写。在西方"MBA"已经成为"工商精英""企业家的摇篮""当代经济的骄子"和"掌管着当今西方半个经济"的同义语。

但是，在我们国家"MBA"一直还是个空白。曾有人估计，我国大中型企业每年至少需要 2 万多名"MBA"人才。中国经济体制改革的浪潮，中国技术落后、管理更落后的现状，急切地呼唤着中国自己的"MBA"。

1984 年 4 月，中美两国签订协议，由美国为中国培养"MBA"。

1990 年 3 月，国家教委发出通知，在清华大学、中国人民大学、西安交通大学等 5 所重点院校，进行"MBA"招生试点。

1991 年 7 月，国家教委和国务院生产办公室又联合发文，在全国 9 所重点大学扩大招收"MBA"。

从此，在中国历史上揭开了管理学教育的新的一页，开创了"MBA"国产化的新纪元。

一批立志于中国管理现代化的"弄潮儿"，大胆地迈开脚步，开始了向"MBA"殿堂的勇敢攀登！

在"下海"的年代，他们选择了 一条"上山"的路

1990 年 9 月 10 日，西安交通大学管理学院正举行着首届"MBA"学员的入学典礼仪式。

在鲜红的巨幅标语下，坐着肩负全国试点重任的西安交通大学副校长蒋德明教授、管理学院院长汪应洛教授、

副院长李怀祖教授和研究生院副院长张文修教授等校院领导。他们的对面，坐着13名通过考试录取的第一代"MBA"新生和21名"MBA"学位班的学员。热烈的场面，庄重的气氛，洋溢着师生们共同的激情。因为他们深知，今天的仪式，标志着"MBA"国产化这项开拓性工程的神圣奠基。

这是一批"特殊"的学生，他们分别来自西安大中型工业企业、商业企业、合资企业和经济管理部门。他们都是已在生产、商贸、经营管理第一线实践了多年的厂长、经理、部门主管和处长、厅局长。他们中间年龄最大的四十岁，最小的二十八岁，他们中的大多数属于被人称为"老三届"的那代人。

这一代人的"特殊"经历，使他们对学习有着"特殊"的渴望。

这一代人，正值他们豆蔻年华的时代，史无前例的"文化大革命"打破了他们上大学的梦想，只是在饱经了"大批判"和"上山下乡"的人生磨难之后，才幸运地跨入了工农兵大学的校门。工作实践中知识不足的缺憾，常常使他们内心不安；改革开放的洪流，又把他们推出国门，打开了他们封闭多年的视野，中国同西方经济的差距，更使他们承受着一种揪心的折磨……

中国最大的优势是人力资源的优势，而中国经济发展的最大差距却是人力资源效率的低下。中国劳动生产率只有西方发达国家的几分之一、几十分之一的现实，使他们深感中国管理的落后。如果没有一流的管理，就不可能创造出一流的效率，更不可能走出一条一流的经济发展道路。这批生在九曲黄河之滨，长在黄土高原之上的人，面对着祖先曾经创造遥遥领先于西方文明的辉煌历史，他们不能不扪心自问，在现代经济的发展上，在国际市场的竞争中，我们这一代人怎样才能做出无愧于历史，无愧于祖先，无愧于后人的努力呢?!

"MBA"的创办，给他们提供了一个积聚能量、实现抱负的平台。他们着实地兴奋过，这种难得的机遇，给他们创造了取得管理学高等学位——"MBA"的条件。

说来也怪，在当今社会上一些人"价值观念"扭曲的环境中，假如一个厂长、经理的业余时间，是在卡拉OK厅、舞厅、餐厅，或者在麻将桌上度过的，也许不会有太多的非议。但是，一个厂长、经理用业余时间去上学，却招来了不少非议。

有人说："去上学，'混一张文凭'，不就是追求个名声吗？"甚至有些上级领导也找这些在职上学的厂长、经理谈话："你是干工作呢，还是去上学？想上学，也可以，那就干脆辞掉职务吧！"果真，有的厂长、经理在上学期间，还没有来得及辞职，就被免掉了。

更多的学员，则是怀着一种"理亏"的心理，在紧张的学习中，咬紧牙关，加倍努力把工作干得更多一些，安排得更好一点。亲朋好友好心相劝："三四十岁的人了，文凭能值几个钱！没有文凭不照样好好地当你的厂长、经理吗？！眼下社会上没有文凭发大财的人不也有的是吗？！"

是啊！他们也冷静地思索过：不上这个学，难道不行吗？当然可以。但是，市场经济的发展已经向他们揭示了，激烈的市场竞争，对每一个企业和企业家来讲都只能是一种选择，那就是成功或者被淘汰。一个现代企业家，如果不掌握系统决策的科学技术，不懂得市场营销的现代理论，没有金融财务管理的知识，没有起码的计算机、外语知识，不会运用现代管理心理学，那么，被市场无情淘汰的命运将不会离他很远。正是这种危机感和紧迫感，使他们在"下海"的年代，心甘情愿地选择了这条艰难的"上山"之路。

在"殿堂"和"炼狱"之间，他们留下一串属于自己的脚印

"殿堂"的光环是耀眼的，而"炼狱"的磨难则是痛苦的。从"炼狱"到"殿堂"，不仅路途遥远，而且艰难曲折。为了跨入这座"MBA"的殿堂，这批学员，从进入校门的第一天起，就开始了比他们想象中要艰难十倍的跋涉。学习本身就是艰苦的，西安交大的校风又是严谨的，全国重点大学

的传统，给这批学员提出了更高的要求。

按教学大纲规定，"MBA"学员必须在三年内完成1300个学时的学习（不包括毕业论文时间），学完研究生外语、运筹学、系统工程学、国际金融和国际贸易、财务决策与管理、会计学、市场学、领导决策学等22门课程，并通过考试取得45个学分。1300个学时，对在校生来讲，也许算不了什么，但对这批"两眼一睁，忙到熄灯"的在职学员来讲，每周五个晚上和一个半天的时间到校上课，这确实是一个代价不小的投入。

三年艰苦的学习历程，他们是一步一步，一天一天，用坚强的意志和满腔的热血，用辛勤的汗水和辛酸的泪水走完的。他们中间，每一个人都有一本"难念的经"，每一个人都有一段难忘的情，每一个人都留下了一串属于他们自己的脚印——

A. 她，像"员（圆）外"一样进了考场

骞芳莉，全班最小的学员，大家喜欢称她"小妹妹"。

她，入学前在西安中外合资的协和酒店任财务总监。论工作条件，很安逸；论工资收入，很丰厚。美满的家庭生活，使爱情的"结晶"幸运地降临到她的身上。她本可以安安稳稳、舒舒服服地过小日子。但是，求知欲、上进心强的小骞

得知"MBA"招生的消息后，不顾七八个月的身孕，兴奋地到处奔跑办理报名手续。

"什么？你疯啦！你没想想你现在是什么情况，能上学吗？"一听说她要上学，小骞的爱人瞪圆了眼睛。他心疼自己的妻子，更心疼自己未出生的孩子。

"这机会太难得了，我已仔细地算过，考试时间恰好在满月前后……"从来拗不过妻子的丈夫，只好让步了。

在入学考试前复习的日子里，小骞每天挺着大肚子来校听课。她听课格外认真，笔记也特别用心，一块儿来校复习的厂长、经理都很受感动，看小骞行走艰难，凡有可能，都主动绕道用小车接送她一下。

就在入学考试前的三十天，小骞的女儿按她"预算"的时间诞生了。这段时间，她无法到校听课，只好委托同学用录音机将老师每堂课的辅导内容录下来，在家中听录音复习。孩子出生后不久，就得了急性肺炎，整日啼哭不止。在嘈杂的环境中，小骞仍然每天坚持复习功课。

在孩子刚刚满月的那天，全家人顾不上安排孩子满月的喜事，都忙于送小骞奔赴考场。一大早，小骞全副武装，里三层外三层，脸上又捂了个大口罩，简直像个"员（圆）外"。她挪动着臃肿的身子，艰难地坐在自行车后架上，公公冒着凛冽的寒风，蹒跚前行。脚踏在冰碴儿上，一步一滑，吱吱作响，就这样把她送进了考场……

B. 他，兼起了"阿爸"和"阿妈"两职

　　管黎华，西安塑料制品厂厂长兼党委书记。他有一对正在上小学的既可爱又淘气的双生子。正值他上学的前夕，他爱人参加中国援外医疗队，被派往苏丹服务三年。本来就忙得不可开交的管黎华，这三年学习期间，又要兼起"阿爸"和"阿妈"两职。

　　他要领导一个有千余名职工的企业，而且生产经营正处在困难的调整时期，方方面面的工作，大大小小的困难，压得他几乎喘不过气来。可是他的学习出勤率却是全班最高的，课堂笔记是全班最仔细的，课后作业是全班最认真的。他的学习时间全都是挤出来、抢出来的。每天下班后他急急忙忙往嘴里扒口饭就往学校跑，有时甚至连这口饭都来不及吃就直奔学校，晚上十一点钟左右才能回家。回家后，既要风风火火干一阵子家务，又要趁夜深人静，再看会儿书，写点儿作业，还要再考虑一下厂里第二天的工作。每天晚上都要忙到深夜一两点钟，才能合上疲惫的双眼。

　　这样的生活节奏，可苦坏了他年迈的母亲和一对年幼的孩子。

　　一个星期天的中午，管黎华刚从学校迈进家门，母亲就急急巴巴告诉他，大儿子在外面玩耍摔了一跤，正在床上躺

着，哭喊着腿痛。平时性格温和的管黎华，不知从哪里来的火，一把拉起躺在床上哭泣的儿子，厉声说道："腿摔了要活动，不能老躺着！"儿子掉着眼泪望着爸爸，抽泣着说："我的脚不敢踩地。""不许哭！你哪里像个男子汉！"

第二天一早，大儿子在二儿子的搀扶下，一瘸一拐地上学去了。晚上，管黎华看着孩子的腿，心里毛了！孩子的小腿肿得像碗口那么粗。他万万没有想到孩子会摔得这么重，他一把背起儿子，跑到了医院。经过拍片检查，医生诊断为骨折，需要打石膏固定治疗。管黎华拿着 X 光片，愣神地看着片子上儿子骨折的裂纹，无言的泪水夺眶而出。他在内心深深地自责：我是一个不称职的"阿爸"和"阿妈"呀！

这泪水，既是慈爱的父亲对儿子的亲情，又是艰难的父亲对儿子的内疚。几年来，他没有一点儿时间坐下来同儿子说上几句话；或者帮助儿子复习一下功课；甚至连儿子多次提出星期天带他们上公园玩一玩的要求，也从未满足过……

C. 女性的肩膀也有钢的骨架

刘波，1977 年毕业于上海华东纺织学院的工农兵学员，入学前是西安黄河棉织厂的技术副厂长。多年来，她一直向组织提出继续深造的要求，组织上也同意给她一个继续深造的机会。本来 1990 年有一次机会，但因为要参加纺织部优质产品的评比而失去了。西安交通大学"MBA"报考，是厂长作为一种补偿而推荐她的。

她有一个八岁的儿子，正在小学读书。为了更好地工作、学习，她把孩子送到了爷爷奶奶家。1991年12月26日，孩子突然发起高烧，体温达40℃，连续几天不退，孩子一直喊大腿根痛。爷爷、奶奶吓慌了手脚，赶忙把孩子交给了刘波。刘波带着儿子先后到西安市三四家比较大的医院检查，均未找到病因，只做了抗生素注射处理，但孩子的腿一直弯曲着，不能伸直。着了慌的母亲又领着可怜的儿子到第四军医大学急诊室检查，诊断为急性化脓性关节炎、急性化脓性骨髓炎。

当天下午办理完住院手续，骨科主任立即给孩子做了穿刺检查，认为病情严重，治疗不能延误，决定当晚进行手术。大夫看着痛苦不堪的孩子，埋怨当母亲的刘波，你怎么让孩子的病耽误这么长的时间，假如孩子再晚来医院十二个小时，后果不堪设想。

当主治医生告诉刘波，这种手术失败的可能性很大，轻微的，可能截肢；严重的，生命将无法挽回。毫无思想准备的刘波，听了医生这番话，简直像五雷轰顶，当她用颤抖的手在手术单上歪歪扭扭地签下自己的名字时，泪水早已浸湿了手术单。四十岁的人了，如果孩子真有个三长两短，做母亲的心里将会留下怎样的创伤啊！她站在手术室门口哭泣着，用带血的声音祈祷着，祈祷苍天保佑她的儿子。她下定决心，今后无论再苦再累，也要把孩子留在自己的身边。她要用女性的肩膀，承担起做母亲的全部责任！

也许是医生的技艺高超，也许是母亲的真诚祈祷，孩子的手术非常成功！刘波心中的一块石头终于落地了。手术后，刘波和爱人轮番二十四小时在医院护理孩子。几天下来，刘波和爱人都瘦了一圈。孩子出院一个星期后，刘波又要迎接《系统工程》和《市场学》两门学位课程的考试。

像这样的经历，还有很多很多。"MBA"的学员们，每一个人都能像和尚的念珠一样说出一串又一串。这三年中，他们有许多共同的场面，都是终生无法忘记的：

在英语学习中，为了克服年龄偏大、记忆力差的困难，他们几乎把所有的时间都挤出来背英语单词。有的人，星期天把爱人和孩子打发出去，将自己反锁在家中；有的人，在每天上班等候班车的站牌下，在外出的汽车里、火车上、飞机中，都手捧着英语课本，猛记硬背，背得个昏天黑地……

为了在考试前，找一个清静的地方，排除"干扰"，集中复习功课，他们三三两两组合在一起，像"大逃难"似的提着书包，悄悄地躲在某一个同学的办公室里、某一个同学的家中，或者找个"窍门"开一个宾馆的房间……

在下午和晚上连着上课时，为了节省时间，下午课后他们都不回家，围坐在校门口的小吃摊前，吃一碗面条，喝一碗蛋汤，不论是刮风下雨，还是酷暑严冬……

这三年的时间，他们过得好累好累，就连给他们授课的老师也无不感慨："你们活得真苦啊！"但是，这是他们的追求，苦也无悔，累也无悔。因为他们坚信：这就是无悔的人生！

凤凰涅槃的魅力：塑造一个更充实的"自我"

相传，在很久很久以前，凤凰在整个鸟类中远非今日这般美丽，为了再造一个自我，它从很远很远的地方，衔来一块又一块香木，堆积成台，然后点燃香木，并鼓翅扇风燃成熊熊大火。凤凰勇敢地冲入大火之中，经过撕肝裂胆般的痛苦烧炼，一只光彩夺目的再生凤凰，从烈焰中腾空飞起……

这虽然只是一个美丽的传说，但用"凤凰涅槃"来描述中国这批"MBA"成长的过程，是最恰当不过的了。

这批有着多年实践经验的厂长经理，带着经济体制改革中出现的一系列新问题和企业管理中遇到的大量难题，决心在管理科学理论的追求中，重新塑造一个更加充实的"自我"。

管理是一门科学，又是一门艺术。科学和艺术的天地是如此广阔，科学和艺术的内涵又是如此丰富，他们一跨入这片诱人的神奇领域，就好像阿里巴巴打开了珍藏无数珠宝的山门，令他们眼花缭乱，兴奋不已！在这片神奇的领域里，有时需要数学家的精确，有时需要军事家的果敢，有时需要哲人的远见，有时还要一点诗人的浪漫。他们从供给和需求曲线，从股票、股份和期货等一系列西方市场经济的管理理论中拼命汲取自身所需要的营养，努力培养一个现代企业家所需要的内在素质。这种理论和经验的融合，科学和实践的碰撞，产生出巨大的探索热情和不可遏制的创造力！这种热情和创造力，不仅正视着今天，而且还拥抱着明天。

或许，有人会问，这些"MBA"能将他们学到的理论运用到实践中去吗？这里，我只想向你讲述一位名叫刘宝祖学员的故事。

1989年出任西安古城吉尔瑞商行经理的刘宝祖，在校学习期间，大胆运用市场营销战略，充分发挥广告媒介作用，成功地进行了金银首饰市场的开拓，建立了灵活高效的运行机制，实施了严格的内部管理，把一个名不见经传的小小"吉尔瑞"变成了一个威震西安、闻名全省乃至西北的金光灿灿的"吉尔瑞"。1991年"吉尔瑞"营业额达1869万元，上缴税金60万元，固定资产达120多万元。短短三年时间，"吉尔瑞"的营业额、税收成倍增长，固定资产总值增加了10倍还多。1992年，刘宝祖又奉命前往海南创业。5月10日飞抵海南，6月20日海南省规模最大的金店就正式开张营业了。"吉尔瑞"人果敢的决策，旋风般的办事速度，令海南特区人瞠目。1992年6月17日,《海南经济报》用了整整一个版面,以特大的醒目草书大标题:"吉尔瑞跨越海峡",详细报道了刘宝祖的创业之行。

或许你还会问,中国的"MBA"能写出高水平的论文吗? 如果,你能看到毕业论文答辩会的现场,便会找到满意的答案。

学员们一篇篇专业论文,不仅渗透着他们对理论应用的心血,而且更凝聚着他们对中国经济管理体制改革的思考。他们有的运用宏观经济学的理论,系统地分析了本省工业部门的产业结构现状和缺陷,提出了运用产业政策,加速产业结构调整的思路;有的运用对比分析的研究方法,系统地分析了国有大中型企业同"三资"企业在经营机制上的差异,提出了搞活大中型企业的新途径;有的借鉴西方发达国家社会福利保险的经验,并根据我国的国情,提出了改进我国待业保险的一系列新对策;还有许多学员,则针对自身企业面临的种种困难,根据市场预测,提出了产品开发、科技进步、管理体制改革等方面的建议。这批论文的理论水平和实用价值,许多专家教授都给予了很高的评价。

当然,驾驭全局水平的提高,宏观决策能力的增强,思维方式的转变,工作方法的更新,绝不是一份作业、一篇论文,或者一两个具体决策所能体现的,但这种知识积累的效应,犹如能量的储存,储能越多,功率越大。

在自然界中，能量是不灭的，也是永恒的！

在现代社会中，理论的作用也是无法替代的，知识的价值同样是永恒的！

1993年元月15日，西安交通大学首届"MBA"班的13名学员全部通过了22门功课的考试，取得了"MBA"学位必须达到的45个学分。1993年6月7日，其中一批学员又通过了毕业论文答辩。

依依惜别是饱含深情的。当这批"MBA"学员，意识到马上要离开西安交通大学熟悉的校园时，禁不住泪水模糊了双眼……

他们有的坐在空荡而又寂静的教室里，讲台上仿佛依然晃动着老师的身影。"MBA"教学是一次全新的探索，从教学内容到教学方式，授课教师都倾注了满腔的心血。所有给"MBA"上课的老师，都是西安交通大学经验丰富的、一流的教师，三年的历程，又给这些老师花白的头发上增添了缕缕银丝。

他们有的徜徉在校园草坪的小径上，胸中涌动着对领导和同事的感激之情。绝大多数单位的领导，对他们的学习给予了全力支持。甚至有的领导直截了当地讲："支持你们，培养你们，就是希望你们尽快超过我们！"这是多么坦荡磊落而又博大无私的领导胸怀呵！

他们有的昂首凝望那轮悬挂在夜空天幕上的"十五的月

亮"，默默思念着自己的家人。家人的支持更是无私的，在许多关键时刻，是家人的理解、支持和鼓励，才使他们义无反顾地走完了这段艰辛的学习历程。在学位论文答辩会上，许多同学的爱人悄悄地坐在台下，静静地倾听着自己亲人的答辩。当答辩主席宣布答辩通过时，在一片热烈的掌声中，学员们首先看到的是，坐在台下的自己爱人深情的眼眸……

面对成功的喜悦，他们畅饮过，他们狂欢过。但是，当他们拿到学位证书后，他们想得更多的是：今后！今后，怎样才能在改革开放的大潮中，在国际市场竞争的舞台上，为企业的发展，为经济的繁荣，闯出一条属于中国企业家自己的崭新之路，创造出属于中国企业家自己的现代辉煌！

1993 年 6 月 3 日夜，更是他们难以忘怀的一夜。

正在西安交通大学参加国际 EMBA 研讨会的加拿大渥太华大学管理学院副院长 Karl 教授、Dev 教授和阿尔贝塔大学管理学院院长施耐克教授、中国—加拿大管理教育合作项目中心主任 Rolf 教授提出了要同西安交通大学首届"MBA"学员见面座谈的请求。

6 月 3 日晚上，西安交通大学管理学院汪应洛院长、李怀祖副院长主持了见面座谈会。座谈会上，首届"MBA"学员的发言，引起了加拿大教授们极大的兴趣。Rolf 先生当即就对汪应洛院长提出，要跟踪调查这批学员毕业后发展动态的希望。

渥太华大学的 Dev 先生也在座谈会上做了精彩的即席发言。他说:"我们加拿大十分关注中国的改革开放,如果中国人不能从经济上发展自己,那就谈不上从根本上真正解放自己。我相信,只要中国这一代人高举经济建设的大旗,发扬毛泽东当年二万五千里长征的精神,中国的改革开放将会是一场真正的改革开放!"

这一席话,在学员们心中掀起了狂澜,使他们彻夜难眠……

是的,这一代人不是享受的一代,而是要继续发扬二万五千里长征的精神,继续艰苦奋斗的一代!

一位哲人说过:机会,将永远钟情于有特殊准备的民族。每一次历史的抉择,都将拓展一片崭新的天地!

中国,终于选择了市场经济。

于是,历史便给"MBA"提供了一个开创新时代的舞台。

中国的"MBA",应该在这场真正的改革开放中,在中国经济的腾飞中,在中国管理现代化的进程中,给历史留下这一代人奋斗的足迹!

(此文发表于 1994 年第 2 期《五月文学》,荣获 2001 年"共和国的脊梁"征文一等奖,并于 2019 年获得西安交通大学首届"金穗杯"星火文学奖征文最佳纪实文学奖)

"将军"与鞋王

1992 年 8 月 27 日正午。

纽约。嘉华银行大会客厅。

络绎不绝的美国新闻界、商贸界、金融界人士怀着兴奋和好奇提前来到会场。正值中美关系因中国最惠国待遇问题而变得十分微妙的时刻,一个由中国企业独家举办的新闻发布会首次在此间召开,消息引起了不大不小的轰动。

青岛双星集团公司总裁汪海用颇富感染力和鼓动性的语言正式宣布:准备在西班牙的马德里和美国分别注册双星牌商标,并以美国为基地,成立双星国际经营公司,直接向全世界销售双星牌高档旅游鞋。

美国《鞋业新闻》杂志、香港《文汇报》、纽约《侨报》《世界鞋报》、美国华语电视和《星岛日报》,一个又一个记者争相提问，从双星集团的规模现状到市场销售情况，从经济到政治，包括时下最敏感最棘手的两国关系问题，汪海对答如流，脸上始终挂着成竹在胸的微笑。突然，纽约《美东时报》记者威廉·查理出乎意料地提出："汪海先生，大家都叫你中国鞋王，都讲双星鞋品质一流，我冒昧地问一句：你现在脚上穿的皮鞋是双星牌的吗？谢谢。"

他搞了个突然袭击。如果情况刚好相反，中国人就会大大丢丑。整个新闻发布会就将一败涂地。会场气氛顿时紧张起来。

汪海的脸上立即绽开轻松而得意的笑容。令人有些吃惊的是，他一边高声说："感谢记者给我提供了这个宣传的好机会。"一边弯下腰去，脱下脚上穿的一只皮鞋，不无幽默地说，"我知道在公众场合脱鞋既不文明又不礼貌，但是不这样就无法证实鞋底的商标。"他举起颜色漂亮、款式新颖、做工精良的皮鞋，高声宣布："CHINA.DOUBLESTAR！看到了吗？地地道道的中国双星产品。不仅我一年四季都穿双星鞋。我的员工也都穿自己的鞋。我们要脚踏双星走遍世界。"

刹那间，掌声、笑声、赞叹声，伴随着一片镁光闪烁。

第二天，汪海满面笑容、手举皮鞋的大幅新闻照片出现在当地众多的报纸杂志上。一位记者评论说："当代共产党人在美国公众面前脱鞋的只有两个。一个是赫鲁晓夫在联合国脱鞋砸桌子，显示他超级大国的威力。第二个就是这位中国鞋王了。改革开放的中国人敢于用自己的产品向美国挑战，这才是真正的厉害！"

一

中国鞋王声名鹊起。汪海却有些惋惜地说："我本来应该是战场上的一个将军。"

三十年前，越南战场。

长长的四百五十多个日日夜夜，密集的空袭一次又一次地把他们固守的山头炸成一片片火海，他带领的一个排却始终顽强地"钉"在阵地上。当一批批亲如手足的战友倒在血泊之中，他对随时可能到来的死亡越来越产生一种超然的心态，复仇和胜利的渴望却更加强烈。在血与火的洗礼中建立男子汉的英雄伟业，这是他从光腚娃娃时代便梦寐以求的理想境界。

好梦难圆。因为对"文化大革命"的理解有些跟不上要求，他的军人生涯被迫终止。但是，先天的禀赋加上后天的思考，却使他在脱下军装以后，继续沿着"将军"的轨迹走向人生的辉煌。

辉煌的起点，却是一次"背水一战"。

1983 年冬。七八级的西北风刮了几天。海浪咆哮，枯木瑟瑟，天昏地暗。青岛的大街小巷人影杳然。

汪海裹紧棉衣，奋力地蹬着脚下的自行车，心里却有团火在燃烧。作为一家国营重点胶鞋生产企业，他们的产品一直由国家包销。现在，商业部门忽然拒绝收购，200多万双解放鞋堆积如山，而生产线上仍然在按计划生产。账面上已分文不剩，眼看发工资的日子到了，两千多名职工的七八万元工资一点着落也没有，这使就任党委书记不到半年的汪海急得嘴上长满了燎泡。

刚刚，他去找商业部门商量收购。答复是："人们的消费水平提高了，傻大黑粗的解放鞋根本卖不出去，我们再也不能做赔本的买卖了。"

汪海一扭头，骑上车又去了上级机关。得到的答复却是："我们只负责下达生产计划。商业部门不收购，我们也没办法。"

一个无星无月、滴水成冰的夜晚，汪海带着人背着鞋偷偷地溜出了厂门。他们不得不采取"秘密行动"，因为有明文规定不许企业私自销售产品，此举须得避开商业部门驻厂人员的耳目。不料，还是走漏了风声。于是引来制裁，不但他们生产的所有解放鞋停止收购，而且连新开发的产品也一双都不要了。

汪海反而如释重负。反正也是一个"死"，再也不必顾忌什么了。他决定破釜沉舟，干脆就在大白天与业务员一道背着鞋上了市场。

这一年，全厂职工一齐出动，八仙过海，各显其能，硬是把厂里的积压产品销售一空。他们开始懂得一条真理：企业的唯一出路在于市场。

"市场如战场，竞争如战争。"初识市场滋味的汪海如是说。他庆幸自己找到了新的用"武"之地。从此，一个将军所应具备的军事指挥才能被他淋漓尽致地运用到现代"商战"之中。

二

1995年初夏，我们来到双星，仿佛置身于一座兵营：标语口号，许多内容与军事有关；负责干部，大多是军队出身；开会座谈，军事术语不绝于耳；下到车间，管理的严格也如军队一般。而用双星人自己的话说，十年改革最大的收获是掌握了一个市场，造就了一支"铁军"。

1987年，柳州全国鞋帽订货会。

入夜，汪海在潮湿阴冷的宾馆中辗转反侧，彻夜难眠。白天的情景一再浮现在他的眼前：会场门口，南方一些制鞋厂家的大幅广告鲜明而醒目。大红招牌之下，温州、福州的厂商使出"买十送一，买一千送三百"的绝招，要钱当场点钱，要物当场送物，引得客户蜂拥而上，对比之下，双星柜台却显得冷冷清清。汪海却相信只要工作到家，"正竞争"比"负竞争"更能取胜。他果断地做出一个决策：从现在开始，30多名销售人员每人承包一个省，拿着产品找上门去攻关，用真挚的感情、过硬的产品和穷追不舍的工作态度去打动客户。

第二天凌晨两点半，各路人马才陆续回到"大本营"。

"柳州战役"终于大获全胜，订数高达280万双，比原计划超出100万双，在全体参展厂家中独占鳌头。那天凌晨，当最后一个销售人员冒雨归来，汪海一把将淋成水人的他拥在怀里，两人都情不自禁地流下了百感交集的热泪。

此次胜利激发了汪海的灵感，一个新的"作战方案"迅即在他的胸中酝酿成熟。三个月后，青岛双星集团率先在国有企业中举办了独家召开的全国鞋业订货会。请柬发出265张，客户竟来了540多家，订货高达800万双。双星人在汪海的带领下，完成了从被动进入市场到主动驾驭市场的转变。

如果说，"柳州战役"是双星进入市场之后的正面作战，那么，在汪海的指挥艺术中值得一提的，还有多次的"屡出奇兵"。

1987年，双星收到几封顾客来信，反映他们的新产品老人健身鞋有些小毛病，问一问是否能够退换。汪海一查，问题出在设备上，而鞋的毛病并不影响穿用。当时，全国胶鞋滞销积压，原材料又大幅度涨价，双星的生产已经受到影响，如果停产整改设备，一天就会损失十几万元，所以大多数同志认为这个问题不必过于"较真儿"。可是，汪海的心却不得安宁。他力排众议，做出一个超乎寻常的决定：花几千元钱到电视台做广告，让所有买这批鞋的顾客都来双星门市部或代销点换鞋、修鞋。第二天傍晚，一个不同寻常的广告在黄金节目时间与电视观众见了面，这一下立即引起了强烈反响。《人民日报》《经济日报》《工人日报》等十余家报纸先后撰文发表消息，双星产品的信誉反而更加声名远扬……

三

在现代战争中，武器常常是制胜的一个关键因素，人们记忆犹新的海湾战争就是一个十分明显的例证。

双星在市场上初步打开局面以后，汪海便开始考虑如何创造自己的"王牌武器"了。

侦察兵出身的汪海，清楚地知道"情报"对于决策的意义。一年之中，他有半年时间是在搞市场调查。全国城乡，世界各地，他对不同层次消费者对鞋的需求状况了然于胸。于是，"你无我有，你有我变，你变我新，你新我优"的产品开发策略得到了准确无误地实施。到 1988 年，双星已能生产五大类上千个花色品种的鞋。生产线上，几天就换一个新品种，从撒切尔夫人鞋到乞丐鞋、霹雳鞋、时装鞋、老人健身鞋，名目繁多，既美观又实用。双星品牌名声大振，得到了社会各阶层的喜爱。

但是，汪海的眉头却锁得更紧：无论如何花样翻新，目前都只能算作"常规武器"。如何创出世界名牌，越来越成为他的一块心病。

机遇悄然出现了。美国布瑞克公司决定在大陆寻找厂家，合作生产国际高档运动鞋 PONY。美国 KEDS、CVO 和 BROOKS 随后也来寻求不同形式的合作。汪海果断地牵住了"幸运之神"之手，冒着失败的风险接受了苛刻的"合作"条件。

几乎所有国际名牌鞋都成了研究人员探求的对象。经过材料、结构、款式、性能等方面的无数次优化组合，一种以 DOUBLESTAR 命名的高档运动鞋终于在 1988 年 8 月诞生。它不仅具备了许多国际名牌鞋的优点，而且在内在质量和外观上都有新的创造。汪海信心百倍地开始了向往已久的"远征"。

1988 年年底，纽约国际鞋业博览会。汪海率队跨越太平洋，在国有制鞋大企业中，第一个独家参展，向世界推出双星商标命名的四十多种高档胶鞋样品。此后，双星的"名牌攻势"，真可谓是机巧百出，花样翻新。

1992 年 9 月，德国杜塞尔多夫市。汪海的"独出心裁"，轰动了第124届国际鞋业博览会。

一块8米长、2米宽的空地，被好奇的客商围得水泄不通。从华夏民族远古时代的树皮鞋和古代仕女穿的锦缎绣花鞋，一直到现代城乡的各种便鞋、运动鞋，各个历史阶段，各个文化层次，各种不同款式的鞋子，配上东方女郎美丽的面容和身段，通过舞蹈、小品、时装表演以及幽默轻喜剧等多种艺术形式，展示着东方文化特有的魅力，高鼻子蓝眼睛们深深地被打动了。

这些"演员""模特儿"，全部是双星公司开发部的技术人员；他们展示的每一双鞋，几乎都出自自己的设计。为了使"双星"品牌在这次有世界52个国家和地区1400余家公司参加的博览会上打响，他们通宵达旦地排练了好几个月。现在他们知道：自己成功了。

"远征"归来，汪海并未陶醉在大获全胜的喜悦之中。从1993年开始，双星逐步实施了"名牌覆盖战略"。在重庆，收购了一个厂的两条流水线，由双星下订单，并派出技术和质监管理人员，利用双星商标生产，就地就近销往云贵川；南京有家合资企业经营不善，双星租赁下来，派去7名人员加强经营管理，一年就盈利150万元。在福建莆田，双星也以商标作为主要投入，输出技术和管理，建立了合作生产企业。

南方市场的商标覆盖刚刚完成，汪海又踏上了西北的土地，考察了可能的合作对象。而在西去归来的列车上，他的心思又飞越关山，瞄上了广袤无垠的东北大地……

双星品牌，正以不可遏止之势悄悄地覆盖全国市场。

四

相对于成功的战术运用，汪海更重视的还是正确的战略构想。

双星鞋业如日中天，汪海却出人意料地宣布：公司本部再也不能搞鞋了！

地处青岛海滨黄金地段的集团公司大院，变成了建筑风格中西合璧、园林设计独特新颖，集健身、美容、歌舞、餐饮为一身的双星娱乐城。在它的周围，一条以销售双星鞋为特色的"双星商业一条街"，一条集山东各地风味小吃之大成的"双星大吃街"，一个宾馆，一个证券交易中心……第三产业迅速崛起，门类之多，时间之短，以及效益之好令人瞠目结舌。而与此同时，在秀丽的崂山脚下，在海边一片沉睡千年的荒坡之上，一个典雅别致的别墅式建筑群拔地而起，双星度假村以它独特的魅力迎来了国内外八方宾客……

这是双星集团生产经营结构的第三次战略调整。短短的两年之内，第三产业年营业额已达上亿元，占双星集团年销售额的 10%。

历史有时竟然如此相似。十年之前，双星的第一次战略调整，也是在出人意料的情况下宣布的。那时，背着黄胶鞋四处去卖的销售人员汗渍未干，人们还沉浸在积压胶鞋销售一空的喜悦之中，汪海却提出"黄胶鞋不能再干了，两年之后全部下马；与乡镇企业联营，把老产品扩散出城，腾出生产线上新产品！"

积压产品销售一空，说明黄胶鞋还有市场，为什么偏要舍"易"就"难"呢？特别是国有企业与乡镇企业联营，在1984年的青岛还是闻所未闻，这样做是否有悖常理？

一双双疑惑不解甚至不信任的目光，一句句冷嘲热讽甚至公开咒骂，职代会210条意见中有182条指责这一决策，有的上级领导也公开表示了不支持，这使汪海感受到了巨大的压力。但是，这一步对企业的发展却十分关键。作为一个"指挥员"，他的责任就是对"战局"的发展做出超前预测。他把"乌纱帽"拿在手里，只身去"闯"市委了。没有想到，关隘重重的道路，在这里突然峰回路转，眼前出现的是少见的平川。市委书记对他说："这是一个很好的探索，我们可以先搞个试点。你放手实践去吧，遇到什么问题，可以直接来找我。"就这样，7个联营企业陆续诞生，结果不仅老市场并没有丢掉，而且新的市场又在更大范围内开辟出来。企业渡过了难关，走上了良性循环的轨道。不久之后，中央提出要大力发展企业的横向联合，汪海心里更踏实了，而干部职工眼中的疑惑也逐渐变成了钦佩和信赖。

这次调整成功后，7个厂后来有6个与双星"离了婚"，成了他们在市场上竞争的对手。于是，双星又有了第二次战略调整。所不同的是，这次调整是由"产品出城"变成了"企业下乡"，他们不再去找别人联营，而是自己动手在乡镇建厂了。

位于胶州湾西海岸的黄岛开发区，是青岛市重点开发的一块处女地。汪海看中了这里，准备大展宏图。但是，当时只有0.5平方公里大的开发区，无法提供标准厂房，也没有在规划中给他们留有发展的余地。汪海不甘放弃。便在开发区边缘找了个村子，不仅建设了鞋厂，而且制箱、印刷、织布、印染等配套企业齐全，形成了大规模、跨行业、综合性的企业集团。令他们始料不及的是，后来开发区扩大了，把双星也扩招进来。而双星的产值利税均占整个开发区的一半以上。

五

汪海爱鞋，几乎到了痴迷的地步。在他的办公桌上，竟也有个"万国鞋业博览会"。那些从英、美、法、意、澳、加和香港地区带回来的，铜塑、泥塑，以及用椰壳、木头、石头、陶瓷、塑料、有机玻璃等各种材料制作的工艺鞋，大到八寸，小到几厘米，琳琅满目，美不胜收。就连笔筒、电话机也专门做成了鞋的形状。有人开玩笑说，他真是入了"邪

（鞋）门"儿。但是，作为一个"战略家"，他对鞋的发展趋势却始终保持了清醒的认识。制鞋业是劳动密集型行业，世界鞋业生产早已从发达国家转移到了第三世界。在我国，必然也会从经济发达地区向不发达地区转移。双星集团位于青岛海滨黄金旅游地段，更适宜于发展第三产业；而制鞋业的劳动力，更适于在贫困地区召集。因此，在全国许多厂家纷纷要求双星"收编"的情况下，汪海却把目光投向了沂蒙山区。

1993年春。灿烂的桃花映红了沂源县滑石峪。在四面大山围绕的山坳里，集中了从四面八方的村落，从青岛，从济南，从北京拥来的村民、干部、官员和新闻界人士。父老乡亲们奔走相告：双星集团鲁中公司正式开工，沂蒙老区脱贫有望了！

人们没有忘记，1992年深秋，汪海来选点调查，得知此地脱贫的标准仅为一个农户全年收入400元，一家如有一个双星工人，一年至少是千元以上纯收入，等于2～3家脱了贫，这是山民们致富的希望所在呀！人们没有忘记，寒冬腊月，在一个仅花80万元就买下来的废弃已久的兵工厂厂址，十个工程技术和管理人员指挥民工进行了一场艰苦的"阵地战"。

没水没电，太阳一落山，山坳里漆黑一片。厂房因长期无人管理，设备损坏丢失严重。他们挖渠道，修管路，架电杆，修厂房，安机器，昼夜奋战，仅用三个月就具备了开工生产的条件。

人们更没有忘记，鲁中公司肩负着双星鞋业的未来，一个现代化、综合性、农工贸体的企业集团正等待着他们去建设去发展，未来的沂蒙山区，或许会出现一个令世界瞩目的大型鞋城。

汪海是一个有争议的人物。双星改革十年，几乎年年有人告状。即使在上级机关，也是褒贬不一，反差强烈。有人说他"狂妄自大"，也有人说他是"奇人怪杰"。而我们在十天调查中的所见所闻，终于逐渐澄清了曾有的困惑。望着汪海那张棱角分明带有军人气质的脸庞，我们总是不由得想起第二次世界大战中的杰出将领——以热血豪胆著称的美国陆军上将小乔治·史密斯·巴顿将军。他在北非登陆、西西里战役以及诺曼底登陆中，屡建奇勋，为最终击败纳粹德国立下了汗马功劳。尽管他的性格、脾气以及许多行为方式也给世人留下了一些争议，但是毕竟以一往无前的英雄气概和惊人的战绩而载入史册。中国的现代经济体制改革需要冲破旧时代、旧体制的一切"堡垒"，其残酷、艰巨与复杂不亚于任何一场惊心动魄的战役。那么，我们是否需要更多敢冒风险、善于开拓的"将军"呢？

（此文发表于 1995 年 12 月 1 日《经济日报》，

与温洪同志合作）

冠军手中的"秘密武器"

——"729"球拍创牌四记

每当您看到王楠、邓亚萍、刘国梁、乔红、曹燕华、郭跃华、蔡振华、郗恩庭、胡玉兰等一大批国手,在奏响国歌升起国旗的欢呼声中登上世界乒乓球锦标赛,或者奥林匹克运动会冠军领奖台的时候,您可曾知道他们拼搏在乒乓球赛场上手中挥舞的球拍是什么品牌吗?!

在当今知识经济迅猛发展的年代,每当您看到种种新技术、新材料,创造出无数令世界震惊的巨大奇迹的时候,您可曾知道在这块小小的球拍里所包含的技术水平和技术创新的茹苦含辛吗?!

"729"——这个值得中华民族自豪的乒乓球拍品牌,曾为一代又一代中国乒乓健儿虎上添翼,曾为一个又一个世界冠军的诞生助威加力，也让中国乒乓球拍同中国乒乓球运动的辉煌一道，昂首挺进世界市场！

痛定思痛名古屋

海河，是天津的象征，也是天津的骄傲。

河道蜿蜒、奔流不息的海河，从西向东横贯天津市区直奔渤海，海河不仅带给了天津人海的灵气、河的性格，而且也忠实地诉说着天津的历史，见证着天津的今天，憧憬着天津的未来。

"729"的品牌，就诞生在海河边并不起眼的天津橡胶工业研究所的小院内。

那还是在阴风阵阵的"文革"期间，在与世乒赛隔绝两届之后，中国乒乓球队迈着艰难的步伐重返世界乒坛，参加1971年在日本名古屋举办的第31届世界乒乓球锦标赛。而这支携着昔日乒坛王者风范的队伍，惊奇地发现：世界乒乓球技术已经发生了巨大的变化：欧洲选手将中国的快攻技术和日本的弧圈球技术熔于一炉，创造出了速度与旋转相结合的横拍新打法；日本名将长谷川更是挥着一块贴有神奇胶皮的球拍，犹如横握一把魔刀，以极具前冲力和旋转力的新型弧圈球，一路破关斩将，势如破竹，直冲男单金冠而去。

虽然中国乒乓球队在第31届世界乒乓球锦标赛上尽了

最大努力，但同时面对来自欧洲和亚洲选手的严峻挑战，最终仅获得了男子团体、女子单打、女子双打、男女混双四项冠军，痛失国人极为看重的男子单打和女子团体两块金牌。具有"世界头号乒乓大国"称号的中国队痛苦地承认：我们落后了！

第31届世界乒乓球锦标赛后，国家体委和化学工业部立即向天津橡胶工业研究所下达了研制可以达到或超过日本弧圈球拍水平的任务。当时担任国家乒乓球女队主教练的王志良还亲自到天津橡胶工业研究所，提出了研制弧圈球拍的具体要求。研究所就把研制弧圈球拍作为一项政治任务，交给了年仅三十六岁、毕业于天津化工学院橡胶工艺专业的李树洲技术员。

文静清瘦、性格沉稳的李树洲，当时不仅不知道什么是"弧圈球"，甚至连乒乓球也不会打，就是凭着年轻人一腔热情和一股不服输的犟劲，硬是把研制任务给接下来了。

对乒乓球几乎一无所知的李树洲，为了完成任务，在那段时间里，几乎泡在了国家乒乓球队训练馆里。白天，看国家队训练，同教练员、运动员聊天，"什么是弧圈球？""弧圈球是怎样产生的？""弧圈球对胶皮有什么要求？"……夜里，彻夜难眠的李树洲翻来覆去地琢磨："弧圈——胶皮""胶皮——弧圈"……在训练场上，在去比赛场地往返的汽车上，甚至在运动员吃饭的饭桌上，在运动员宿舍里，只要有机会就去请教、去探讨。时间长了，不仅国家队的教练、运动员，甚至连门卫和工作人员都熟悉李树洲了。

功夫不负有心人。经过一段时间的琢磨，李树洲终于"悟出"了弧圈球对胶皮的要求。要拉出强烈的弧圈球，必须增大胶皮的摩擦力，而要增大胶皮的摩擦力，无非有两种方法：一是物理的方法，一是化学的方法。

先从物理的方法入手，李树洲认为物理的方法简单快捷。先是千方百计把胶皮的表面搞粗糙，用粗糙的表面增大摩擦力；而后又在胶皮里添加树脂，用树脂的黏度增加表面的摩擦力……总之，方法都想尽了。胶皮的表面确实也粗糙了，黏度也增大了，甚至黏度达到了可以把乒乓球"挂"在胶皮上的程度，但仍然拉不出弧圈球。

原来，胶皮的摩擦力大了，弹性就小了。而"弧圈球"要求胶皮既要有"摩擦力"，也要有"弹性"。看来，单纯用物理的方法很难解决"摩擦力"和"弹性"的统一。

物理的方法不行，就采用化学的方法，从橡胶的配方上想办法。两种不同的配方，一个保证弹力，一个增大摩擦力，把两种配方结合在一块胶皮上，不就既保证了胶皮的弹性，又增大了胶皮的摩擦力吗？李树洲突发奇想，立刻使自己处于一种极度的亢奋状态之中。但理论上的创新，在工艺上却遇到了麻烦，对保证弹性的橡胶配方，采用的是一种全硫化工艺，而对增大摩擦力的橡胶配方，则必须采用另一种工艺，这两种不同的加工工艺是不可能结合在一起的。事物能"一分为二"，也应该能够"合二为一"，李树洲苦苦琢磨着。在条件十分简陋的工艺实验室里，经过无数次的失败，李树洲创造出了一种全新的特殊工艺，终于解决了这一难题。

1972年9月，李树洲兴奋地从实验室里拿出了完全达到"弹性"和"摩擦力"要求相统一的"弧圈球"胶皮。当第一批试制出的产品，拿到北京国家乒乓球队试用时，国手们都兴奋地称赞：无论是速度还是旋转都达到了空前的水平，感觉好极啦！

1973年正值我国成功举办亚非拉乒乓球邀请赛，开创"银球传友谊"的新时代。在邀请赛期间，国家体委让亚非拉国家的运动员使用天津橡胶工业研究所刚刚研制出来的胶皮，许多运动员都说中国的胶皮达到了世界水平，不少国外运动员还纷纷提出购买中国胶皮的希望，并提出了不同颜色的要求。国家体委决定，由天津橡胶工业研究所赶制，给每一个参赛的外国运动员赠送一块不同颜色的中国胶皮。邀请赛结束时，在北京体育馆大厅内外随处可以看到，在一张张笑脸下，不同肤色的运动员手中都挥舞着一块块不同色彩的中国胶皮。

试用的成功和面世的轰动，给李树洲和天津橡胶工业研究所带来了极大的欣慰和鼓舞。为了纪念这一成功的日子，该产品就定名为"友谊·729"。

萨拉热窝始辉煌

1973 年 4 月，初春的阳光铺洒在南斯拉夫美丽的山城萨拉热窝，第 32 届世界乒乓球锦标赛正在这里举行。这是一个友好的城市，中国运动员在这里受到了热情好客主人的盛情欢迎。

在这届世乒赛上，我国使用反胶拍的运动员大多使用了"729"胶皮。弹性大、速度快、摩擦力强，可以拉出各种强烈弧圈球和快攻结合弧圈球的"729"胶皮，使我国运动员如虎添翼，挥洒自如，淋漓尽致地展现了个人风格和迷人魅力。在这届世乒赛上，我国男子选手郗恩庭重新夺回了从第 28 届世乒赛后痛失了三届的男子单打冠军，我国女子选手胡玉兰保持了上届世乒赛林慧卿夺回的女子单打冠军称号。郗恩庭和胡玉兰成为我国第一次使用"729"胶皮获得世界冠军的选手。

以"发球、推挡和弧圈球"三大绝技著称的河北选手郗恩庭，正是手中的"729"球拍，使他的三大绝技虎虎生风，独步乒坛。郗恩庭的发球，转与不转使对手难以识别；郗恩庭的推挡，落点刁钻，速度奇快；郗恩庭的弧圈球，弧度大，前冲力强，使欧洲弧圈球选手都胆怯三分。胡玉兰的横板快攻，稳健中带着凶狠，速度中带着旋转，使对手望而生畏。

坚实的功底加上得心应手的"729"球拍，使得郗恩庭和胡玉兰双双成为第32届世乒赛上的男女单打霸主。就在郗恩庭打完第32届世乒赛男子单打决赛后，有人怀着对郗恩庭球拍的浓厚兴趣，以500美元的高价索买这块"729"球拍，郗恩庭朗朗大笑并摇头拒卖。为了感谢李树洲为研制"729"球拍所付出的心血，深知李树洲爱好的郗恩庭，特意从国外为李树洲买了一根名牌鱼竿。这根鱼竿至今还珍藏在李树洲的家中，每当看到这根鱼竿时，他都会深情地回忆起同世界冠军郗恩庭这一段难忘的友谊。

第32届世乒赛结束后，为了更深入地了解国家队对"729"胶皮的使用情况，李树洲根据研究所领导的安排到北京国家队听取意见。同国手们面对面地交换意见，面对面地研究改进建议，这对李树洲来讲是何等宝贵的机会啊！正当他专心致志地找运动员一个一个交换意见时，研究所转来了家中的一封加急电报："母亲病重速返。"在这个节骨眼儿上，李树洲哪能放下手中的工作，他立即给家里回了一份电报："有工作任务，暂不能返家。"两天后，家里又来了第二封电报："母病危，立即返家。"李树洲将所需要的第一手资料全部收集完毕，连夜乘车赶回天津，放下资料返回老家时，带着遗憾的母亲已经去世了！潸然泪下的李树洲，未能同生育、养育自己的母亲见上最后一面，内心深处留下了永远抹不去的愧疚……

就在第 34 届世乒赛前夕，准确地说，也就是在中国乒乓球队即将出发的前一天，徐寅生总教练找到了正在北京的李树洲，亲自转告说："梁戈亮感觉他球拍的胶粒有些软，不知能否做些改进？"国手的要求就是命令，为了祖国的荣誉，李树洲二话没说，坐上国家队的汽车立刻返回天津，一头就钻进了车间里，国家体委的汽车就在研究所的大院里等着。整整一夜的配方加工，通宵未眠的李树洲揣着加工温度还未凉下来的胶皮登车又返回了北京。当他赶到国家队训练馆时，队员们已经到了首都机场。李树洲掉头又追到机场，终于在飞机起飞前将这块赶制的胶皮送到了梁戈亮的手中。望着满脸疲惫的李树洲，又惊又喜的梁戈亮连声感激地说："真的太感谢您了！太感谢您了！这么短的时间拿到新胶皮，我真的觉得不太可能了！！……"当李树洲望着中国乒乓球队乘坐的飞机腾空飞向蓝天时，才想起自己已经两天一夜没吃没喝没睡了。第二天一大早，他就起不来床了，浑身灼热、天旋地转。到医院一检查，确诊为胸膜积水，住了一个多月医院才得以恢复。当他躺在病床上，从广播里听到中国乒乓球队在第 34 届世界乒乓球锦标赛中又一次捧起男子团体斯韦思林杯、女子团体考比伦杯，和梁戈亮、李振恃荣获男子双打冠军的消息时，泪水禁不住从李树洲清瘦的脸庞滚下。此时此刻的李树洲深刻地感悟到：当一个人的奋斗同祖国的荣誉联系在一起的时候，无论多少艰辛的泪水都会闪烁出幸福的微笑，无论多大的付出都会化为收获的喜悦……

1981年，在第36届世乒赛上，中国乒乓球队囊括了七项冠军和五个单项亚军，创造了世界乒坛五十五年来由一个国家包揽全部冠军的前所未有的纪录。第36届世乒赛后，使用"729"胶皮的全体运动员联名给天津橡胶研究所写了一封感人肺腑的信：

"我男女运动员在第36届世界乒乓球锦标赛中，夺得了七项世界冠军，参加这次比赛的郭跃华、蔡振华、曹燕华、齐宝香、王会元、施之皓等运动员，使用了天津橡胶研究所研制和生产的友谊牌'729'型胶皮（横拍选手一面用'729'胶皮，另一面用兄弟厂出品的胶皮）。'729'胶皮具有弹性大、速度快、黏性好、旋转强的特点，成为我运动员在第36届夺标取得好成绩的得力'武器'。"

速度和旋转使乒乓球运动充满了魅力！速度和旋转的技术创新，又给乒乓球运动注入了青春的活力。就在弧圈球技术日臻成熟的同时，乒乓国手们已提出了防弧的技术需求。早在1975年，李树洲和他的同事们又开始了防弧胶皮的研究，"755"型长胶粒防弧胶皮在他们手中诞生。1.7毫米的长胶粒，不仅能够依靠变形吸收弧圈球的能量，而且还产生了回球急剧下沉，飘忽不定的神奇效果。中国著名乒乓球选手陆元盛首次使用"755"型长胶防弧球拍，便在第33届世界乒乓球锦标赛上，面对南斯拉夫弧圈球名将舒尔贝克的强烈前冲球，以飘忽不定的稳健削球，反败为胜，为中国男子团体决赛赢得了宝贵的一分。外电评论称，陆元盛获胜的奥秘是因为手中的球拍是一个"魔杖"！叱咤世界乒坛的国手邓亚萍，也是手中拿着一面贴着"729"一面贴着"755"胶皮的球拍，在世界乒乓球大赛中18次捧起冠军的金杯，为祖国赢得了巨大的荣誉。"729"人用自己永不停歇的创业精神，铸就了一个又一个辉煌，走上一个又一个新的高度。从1973年第32届世乒赛的郗恩庭、胡玉兰到2000年第45届世乒赛的刘国梁、王楠，"729"球拍先后陪伴着30多位国手登上了世界冠军的领奖台！

乱点鸳鸯起内耗

技术创新不易，技术产业化更难。1979年，天津橡胶研究所在正式取得了"友谊"注册商标，并于1980年获得了国家著名商标称号，"友谊·729"的产业化便开始了它风风雨雨的漫长历程。

在那个年代，人们似乎很少估量技术创新的"价值"，更不懂得"知识产权"的概念。随着"729"产品市场销售的鹊起，1979年，天津橡胶研究所的上级主管——天津橡胶工业公司一纸公文："决定由橡胶研究所与天津橡胶二厂共同使用'友谊'商标，共同生产'729'产品。"随后又在"婆婆"

的干预下，天津橡胶研究所与天津市橡胶二厂签订了"友谊"商标的转让协议，橡胶二厂答应付给橡胶研究所两万元的技术转让费。但就这少得可怜的转让费，在没有履行任何法律手续、更没有付给一分钱转让费的前提下便开始实施。当时双方都没有太多的计较，反正都是国家的"大锅饭"。

从此，就出现了一个产品、一种技术、一个商标两个厂家共同生产的局面。随着双方生产规模的扩大、市场竞争的加剧，产品质量与销售的矛盾以及纠纷就开始凸现出来。

1981年，原国家乒乓球队教练王志良赴日本访问时，不少日本朋友都对他反映："'729'胶皮质量下降，黏度不够，拉弧圈球困难，一般几天就要换一片，'729'产品声誉有很大下降。"王志良访日归国后，立即向中国轻工业进出口公司天津文教体育用品分公司反映了这个问题。不久，日本最大的经销商"日本荻村商事株式会社"也给轻工业进出口公司天津文教体育用品分公司寄来了两打有质量问题的胶皮，并且尖锐地指出："胶皮不仅质量下降，而且表面太脏，在日本销售这样的商品，客户将会提出索赔。"

面对骤然增多的客户反映，轻工业品进出口公司天津文教体育用品分公司正式致函天津橡胶工业公司，"这个问题不是日本一家客户的反映，香港、西德客户也有同样的反映。客户还认为我们出口的'729'胶皮与中国乒乓球队员使用的'729'胶皮不一样，这些问题应引起我们工贸双方的注意。"

天津橡胶工业公司立即召集橡胶工业研究所和橡胶制品二厂领导开会，在认真研究了改进质量的技术措施后，在"友谊·729"商标共同使用的问题上，重新做出三项决定：一是橡胶工业研究所注册的"友谊·729"商标所有权属于橡胶所；二是橡胶制品二厂所生产的"友谊·729"胶粒、海绵，是按照公司决定，由公司统一组织移交的工艺、配方进行生产；三是橡胶研究所和橡胶制品二厂各自生产的出口产品，各自做出暗记，如果产品发生质量问题，各自负责，互不相扰。

不尊重商标所有权法律地位的决定，是不可能从根本上解决产品质量问题的。从此以后，产品质量问题依然接连不断，质量责任的纠纷更是愈演愈烈，橡胶研究所和橡胶制品二厂之间的矛盾令他们的"婆婆"理不清、断不明，心烦意乱。为了从根本上解决这个"心患"，1982年12月底，天津橡胶工业公司以行政主管的身份，做出了一个快刀斩乱麻的决定："将天津橡胶工业研究所荣获国家金牌的'友谊·729'胶皮和海绵，连同商标、技术、工艺一起全部有偿转让到天津橡胶制品二厂生产。"

这个"决定"真像一个噩耗，使橡胶工业研究所上上下下都惊呆了。天下难道就没有公理了吗？"知识产权"这样一个严肃的法律权益难道就这样轻而易举地被一纸行政公文剥夺了吗？正当橡胶研究所全力为自己的合法权益据理力争的时候，国家体委率先发言了。1983年1月27日，国家体委致函国家化学工业部："我们认为，将天津橡胶工业研究所'729'球拍转让天津橡胶制品二厂生产，这样做将会对胶皮的研制工作带来不便。为此，建议天津橡胶工业研究所能继续加强这方面的研制工作，并能生产一部分胶皮供全国优秀运动员使用。请你部给予大力协助。"

化学工业部完全赞同国家体委的意见。2月28日，化学工业部下文要求天津市橡胶工业公司："天津橡胶制品二厂生产的'729'胶皮质量不够好，黏性、弹性都不适合运动员使用的习惯和要求。因此，国家运动员使用的'729'胶皮今后仍由天津橡胶研究所供应。"

在国家体委和化学工业部的直接干预下，橡胶研究所终于保住了本应属于自己的"青山"。尽管是每年销售额不足100万元的"惨淡经营"，但终究没有被"扼杀"。

1987年，随着改革开放的大潮，橡胶研究所也走上了"合资"的道路。香港一家体育用品公司看中了"729"技术的前景，同天津橡胶研究所、天津经济技术开发区工业投资公司共同投资组建了"金友橡胶制品开发有限公司"。合资公司的兴建，不仅给企业管理注入了活力，也使生产规模上了一个台阶，胶皮年产量突破了10万片大关。但企业内部的活力仍然招架不住外部市场的无序竞争。天津橡胶制品二厂面对着技术、规模都高出自己一筹的对手，采取了更加放肆的低价倾销策略。当合资公司与天津橡胶制品二厂苦苦竞争的时候，天津静海县又冒出了一个经营同类产品的乡镇企业——健美橡胶制品厂，以"999"的注册商标生产乒乓球胶皮。乡镇企业更是一鸣惊人，几年的工夫，胶皮产量竟达到60%的市场占有率，产品的价格更是低得让人可怕。原本"楚汉双雄"的竞争变成了"三国鼎立"的局面，大量的水货、假货冲击着"729"的国内外市场。刚刚兴建的合资企业，连新婚的"蜜月"都来不及回忆，就走到了近乎破产的边缘。香港商人在万般无奈之中，只好将自己的股权卖掉。

1995年，第43届世界乒乓球锦标赛在中国天津市举行：这对所有乒乓球器材经销商来说都是一个千载难逢的商机，对于"729"来讲更是一个大显身手的机会。为了抢夺市场，天津橡胶制品二厂先声夺人，发动了一场出人意料的攻势：状告天津橡胶工业研究所。

状因是：1992年天津橡胶制品二厂与香港友谊公司签订协议，授权友谊公司为橡胶制品二厂销售"友谊·729"等系列乒乓球胶粒产品的世界总代理，并授予其"友谊·729"系列产品的广告权、包装设计权。1993年6月，友谊公司法人代表与前乒乓球世界冠军郭跃华签订在橡胶制品二厂生产的"友谊·729"乒乓球海绵胶粒产品的包装物上独家使用郭跃华签名的协议。1995年4月友谊公司在第43届世界乒乓球锦标赛期间，发现橡胶研究所在其生产销售的"友谊·729"产品包装物上也使用了郭跃华的签名。为此双方发生争执，友谊公司就以橡胶研究所侵权为由起诉，并要求赔偿其经济损失。

对知识产权的"维护"真是天大的好事，用法律手段解决知识产权的"争端"更是求之不得。天津橡胶研究所当时主管合资企业的副所长邵巍和企业律师丁锴全力应诉，出庭做证，据理答辩，一场在法庭上维护知识产权尊严的"拨乱反正"，终于从1983年的商标转让开始追诉。这是天津市法院知识产权庭成立以来的第一个案例，也是天津市各大新闻媒体高度关注的案例，这一场沸沸扬扬的官司从天津市中级人民法院开始，一直打到天津市高级人民法院，整整打了一年半的时间。

法律的尊严终于维护了知识产权者的权益，十五年的知识产权纠纷终于正本清源。1997年7月25日，天津市高级人民法院开庭最终判决：

"'友谊·729'商标为橡胶研究所合法注册，其商标专用权依法应受到保护。橡胶制品二厂自1979年即开始使用友谊商标，其使用行为有部分行政因素，其间，对橡胶公司下发的橡胶制品二厂有权使用友谊商标的行政文件，橡胶研究所和橡胶制品二厂曾以补充意见的形式表示同意，该双方也曾于1993年1月和3月分别签订期限为一个月和十年的两份商标许可合同。其中一月所签使用许可合同，按约定已办理有关法律手续且生效后双方已履行完毕。另一期限为十年的商标许可合同，双方约定备案后生效，因无证据证实该合同已向工商行政管理部门备案，故应认定合同未生效，不能作为橡胶制品二厂有商标使用权的依据。"

天津市高级人民法院最终裁决，立即在橡胶研究所内掀起一股春潮。在研究所大院内人们奔走相告，欢呼雀跃，压抑了多年的泪水在李树洲的眼眶里，在邵巍、丁锴的脸庞上，在全所上上下下员工的心头止不住地流淌……这泪水，既有说不出的委屈，也有掩不住的兴奋，更有无法扼制的冲动！这场沸沸扬扬的"官司"，不仅给天津橡胶研究所做了一次大大的免费广告，也向市场宣传了真正的"729"产品。在知识产权争端解决的前提下，天津橡胶研究所和天津橡胶制品二厂实现了股份合资经营。新型的经营体制，立即出现了一个科研、生产、销售红红火火的局面。

正当研究所开足马力进行科研和生产的时候，研究所销售部门突然收到上海体育经销公司的一个电话："你厂'729'发货已到。"奇怪，研究所已经很长时间没有给上海发货了，但上海却实实在在收到了发货。肯定有鬼！主管销售的邵巍副所长当即决定派人到上海验货。不几天，从上海拿回了仿造"729"的假货和有关静海县健美橡胶制品厂的线索。

对这一重大线索，天津市检察院、工商局高度重视，连夜组织人员突击检查静海县健美橡胶制品厂。严格保密的行动还是有人通风报信，健美橡胶制品厂生产现场一切正常，丝毫查不出仿制生产"729"产品的痕迹。但经验丰富的检察官还是在工厂后院的厕所旁，发现了一个大门紧锁的可疑房子。当检查人员要求打开这间房门时，健美橡胶制品厂厂长的脸色骤然紧张起来。房门终于打开了，一大批印有"729"商标的包装物和成套的仿制生产模具整整堆了一房间。"这一仗打得可真漂亮"，仿制"729"的一个大型据点，终于在法律的严厉制裁下被摧毁了。

金字招牌显风流

有位资深的企业家曾经说过，"一个拥有知名品牌的企业，将会在激烈的市场竞争中获取双倍的利润。"品牌，是一个企业技术创新、经营管理水平和企业文化的结晶，是一个有着巨大市场召唤力的无形资产。在茫茫的市场大潮中，能够让千百万个消费者主动青睐的，永远是具有品牌优势的产品。

1999 年，在研究所工作了二十二年的副所长邵巍正式走上了所长岗位。这位具有"老三届"人生经历的所领导，不仅有着对乒乓球事业执着的热爱和孜孜不倦的追求，而且黑壮的身材，从里到外都散发着一股老黄牛的"犟劲"。他办事目标明确，处事果断干练，干事身先士卒，就是凭着这股"犟劲"，把李树洲、丁锫等一批业务骨干视为"明珠"和"珍宝"，一心一意率领全所向着经营品牌的更高目标，开始了永不停歇的创业征程。

站在所长岗位上的邵巍，深深感到肩头沉甸甸的压力。中国虽然是一个乒乓球运动的大国，但却不是一个乒乓球器材的强国。邵巍和李树洲他们不会忘记，1981 年第 36 届世界乒乓球锦标赛后，日本蝴蝶公司看到"729"技术的突破，曾经预言："全球乒乓球拍的市场，不久即将是中国的世界！"但他们更不会忘记，1999 年，同样是日本蝴蝶公司又说："没想到中国人如此不会经营，中国乒乓球拍的生产经营至今并没有发展起来。"

更让邵巍他们难忘的是，2000 年当他率团参加德国慕尼黑举办的国际乒乓球器材博览会时，在琳琅满目的世界乒乓球器材厂商中，中国参展的仅仅只有两个厂家。我们的品牌水平同世界知名品牌水平相比，有着令人揪心的差距。一个世界乒乓球运动的大国，却没有同世界乒乓球大国相称的品牌，真是令他们汗颜！

邵巍所长的目标，是瞄准世界一流的日本蝴蝶公司和瑞典的斯迪卡公司。在改革的大潮中，研究所的经营观念和经营体制发生了翻天覆地的变化；按市场需求组织生产，新产品不断涌现；加大技术改造投入力度，生产装备不断更新；加快人才培养，一大批年轻人走上关键岗位；引进国外先进管理，现场管理面貌焕然一新。随着国际乒联一系列技术标准的变革，"729"又开始了在国际市场竞争中创立中国品牌的第二次创业。他们坚信：今天中国的改革大潮，今天中国的开放环境，今天中国人的精神风貌，都给中国乒乓球器材的技术创新和生产经营提供了一个大有作为的舞台，中国乒乓球器材的品牌也一定会在不远的将来独领风骚！

短短的时间，一大批系列化的新产品就走进了市场：729-2、729-3、729-40 型刚刚面市，802-1、799-1、563-1型又接踵而来……

国产海绵质量同国外名牌产品有较大的差距，他们就采用国外一流海绵同"729"胶皮配套，精品"729"闪亮登场……

国际乒联提高了对乒乓球拍胶黏剂标准的要求，他们就率先在国内研发出无毒胶水。1999 年著名国手王励勤在台湾参加乒乓球公开赛时，带去的几种胶水均未通过国际乒联机构的检查，是"729"的无毒胶水解决了王励勤的这一难题……

目前，国外流行彩柄球拍、碳素板球拍，"729"优质球拍也呼之而出。最近又开发出具有自己的专利技术——重心可调球拍。

2001 年研究所搬迁到天津北辰开发区，仅仅用了六个月的时间，一座现代化的生产厂房拔地而起，改变了过去"鸡窝养凤凰"的生产条件。就连德国多尼克公司和比利时、我国台湾乒乓球器材商人来新厂参观时，也不无惊讶地说："世界一流生产企业也不过如此！"

研究所在市场经济的大潮中，迎来了自己的一个又一个春天，生产经营攀上了一个又一个台阶：

1999 年销售收入闯过 1000 万元大关；2000 年销售收入突破 1400 万元；2002 年销售收入达到 2500 万元；2005 年销售收入将跃上超过 5000 万元的台阶。2008 年中国将承办第 29 届奥运会，更呼唤着"729"品牌走向世界……

（此文发表于 2004 年第 1 期《报告文学》）

山花烂漫未必总在春天

——与乒坛名将郗恩庭聊悟人生机遇

　　由于写了一篇有关乒乓球的报告文学，需要找郗恩庭核对一些情况，托朋友联系，终于有了一次与郗恩庭见面的机会。

　　2003 年初冬的一个晚上，我与郗恩庭在北京郊区"卓隆乒乓球俱乐部"见面。我和体格魁梧、性格爽朗的郗恩庭一见如故。我们核对了报告文学的有关情况后，不由自主地就聊起了他夺取第 32 届乒乓球锦标赛冠军的经历。一切入这个话题，我们俩都情不自禁地兴奋起来，曲折复杂的过程、惊心动魄的场面、鲜为人知的细节，不知不觉就聊到了深夜……

　　郗恩庭给我讲，要论条件、论实力，他本应在第 31 届世乒赛上摘取男子单打冠军的桂冠，但由于没有抓住这个机遇，酿成了他终生难忘的遗憾！第32届世乒赛，无论是条件还是实力都不在最佳状态下，他却抓住了这个机遇，夺取了男子单打世界冠军，创造了人生事业的辉煌！

初出茅庐

1965 年 10 月，刚刚十九岁的郗恩庭，硬是凭着自己的实力，由河北省乒乓球男队一号主力队员调入国家男子乒乓球队，著名的乒坛老将徐寅生担任他的教练。青春焕发、如沐春风的郗恩庭，在国家队精心指导和严格训练的环境中，乒乓球技术迅速提高并逐渐成熟。

不久，郗恩庭就和李景光、陆巨芳代表国家青年队在天津同瑞典队的三员名将大小约翰逊和阿尔赛打了一场团体赛。在天津观众热情欢呼的声浪中，中国队以 5：0 的战绩大胜瑞典队。赛后，时任国家队总教练的付其芳高兴地对郗恩庭说："你小子打得不错，有点资本了，是个小资本家啦！"随后，罗马尼亚国家队又到北京访问比赛。赛前，付其芳问郗恩庭："你敢不敢打第一主力？"郗恩庭果断地回答："敢！"由郗恩庭、李景光和张燮林三人组成的主力阵容，在北京工人体育馆又以 5：0 的不败纪录大获全胜。瑞典和罗马尼亚男子乒乓球队是当时欧洲实力最强的两支球队，在这两场比赛的激励下，郗恩庭又在国家队公开赛和国内组织的一系列大型比赛上取得了令人鼓舞的好成绩，使得他求战的欲望和必胜的信心如日中天。

遭遇"弧圈"

1966 年更是郗恩庭在国际大赛中崭露头角的一年，元月，郗恩庭随国家队参加瑞典乒乓球锦标赛，在与北欧国家进行的 7 场团体赛中，郗恩庭一场未负。正当郗恩庭满腔热情地迎接自己乒乓球运动生涯春天的时候，一场史无前例的"文革"给他带来了不堪回首的痛苦。直到 1970 年年底，经过四年封闭"革命"的中国乒乓球队，带着"革命"的洗礼又一次出征瑞典乒乓球队友谊赛。这是一场国内外极为关注的第 31 届世界乒乓球锦标赛前夕的热身赛。当时的军代表曾用"政治挂帅"的语言进行了战前动员："要把全部实力搬到欧洲，要像秋风扫落叶一般打败所有对手，为文化大革命争光！"当时还担任中国乒乓球队教练的徐寅生曾私下向他的好朋友日本乒坛名将荻村询问："中国乒乓球队五年未出国，世界乒乓球又有什么变化吗？特别是欧洲选手基本没有接触。"荻村拍着徐寅生的肩膀说："放心吧！日本连拿两届世界冠军，你们比我们强！"

心中无数而又充满自信的中国乒乓球队，同欧洲选手一交手就稀里哗啦败下阵来，无论是老选手还是新选手，中国男子团体、男子单打全输。中国队员遇到了从未见过的弧圈球！就连一些名将从场上下来都摇着脑袋、甩着手腕，瞪大眼睛讲："哎呀，真厉害，震得手腕都疼！"还有的说得更邪乎："这球真怪，你往东削，球往西跑！"中国队得了"恐弧症"，国内舆论一片哗然！

"阴沟翻船"

1971年4月，正是日本名古屋樱花盛开的季节。中国参加第31届世乒赛选手名单也正在最后的确定之中，面对欧洲选手弧圈球的威胁，中国队进行了一系列有针对性的技术准备和训练，同时还决定多派一些年轻的选手上场。单打名单最终敲定：庄则栋、李富荣、郗恩庭、李景光、梁戈亮五人。

第31届世乒赛打得十分艰苦，到男子单打四分之一决赛时，中国选手只剩下郗恩庭一个人了。经过一番艰苦的拼杀，郗恩庭终于进入了半决赛。半决赛又遇瑞典老对手本格森，郗恩庭信心倍增，决心3∶0打掉本格森。徐寅生半开玩笑半认真地对郗恩庭讲："越是老对手，越不能大意，要多准备点困难！"郗恩庭朗朗笑道："打本格森没有问题，你就等着好消息吧！"

紧张的半决赛终于开始了。本格森首先发球，郗恩庭沉着开局，第一轮接发球郗恩庭4∶1领先。第二轮郗恩庭发球，凭借他超人的发球绝技，比分直线上升9∶1，一直打到12∶3，本格森完全乱了手脚。随着本格森的慌乱，郗恩庭也放松了，就像做梦一样，本格森一下子追到了19∶16。郗恩庭稳了稳神儿，想把这3分优势保持到结局。没想到本格森越打越好，仿佛又添神助，连续几个擦边球，本格森转败为胜拿下了第一局。第一局的失利，也是郗恩庭和本格森的对垒中前所未有的失利，把郗恩庭自己完全搞乱了，无论教练怎样提醒，郗恩庭都无法控制住自己的情绪，事先制订的战略战术完全变成了一片空白，半决赛以3∶0的悬殊比分败在了本格森的手下。离世界冠军一步之遥的郗恩庭只取得了世乒赛男子单打第三名的成绩，这场比赛成了他终生难忘的遗憾！直到今天郗恩庭还动情地讲："这场球，真是'阴沟翻船'，我后悔了一辈子！"

改拍苦练

第31届世乒赛后，徐寅生教练认真地对郗恩庭讲："大郗，你的打法更适合打反胶，你就把球拍改成反胶吧！现在离第32届世乒赛还有两年的时间，改还来得及。""为什么？"郗恩庭吃惊地问道！从学打乒乓球开始已经十一年了，郗恩庭就一直用正胶球拍打球，突然要改成反胶球拍，要承受多大的困难和风险啊！郗恩庭没有想到这是徐寅生教练为了发展中国乒乓球速度结合旋转的一条新路，断然拒绝了徐寅生教练的建议。

1972年初，也就是第32届世乒赛的前一年，坚持用正胶球拍的郗恩庭又参加了访问瑞典的比赛和在瑞典举行的欧洲乒乓球公开赛，结果两次负于老对手瑞典名将、欧洲冠军约翰逊。一心想在第32届世乒赛上雪耻并夺回男子单打冠军的郗恩庭受到了巨大的打击。约翰逊这个连续七年的欧洲男子单打冠军，在与郗恩庭历年的交战中从未取胜过的他，仿佛找到了对付郗恩庭的诀窍。郗恩庭突然清醒了，要想夺得男子世界单打冠军，就必须打掉这位技术全面、实力雄厚的约翰逊。改变打法，增加旋转，只有下死决心搏一下了！这时失望的郗恩庭又想起了徐寅生教练关于改反胶拍的建议，在回国的飞机上，郗恩庭推醒了正在睡觉的徐寅生，说："我听你的，我改反胶，真的改！"徐寅生看了看瞪着一双大眼的郗恩庭说："算了吧，离第32届世乒赛只有一年的时间了！你想过了吗？你现在是中国男队的主力，时间太短，有可能吃了苦成绩还没有上去，风险太大了！"郗恩庭认真地想了想，坚定地对徐寅生说："破釜沉舟了！"徐寅生说："只要你想好了，那就改吧！"

已经二十六岁的郗恩庭，在年纪和体力上都已经进入了没有太多优势的季节，而又是在大赛的前夕，下决心改变球拍，走上了一条义无反顾的绝路！几乎一年的时间，郗恩庭完全变成了另一个人。沉默寡言、与世隔绝，顶着各种风言风语，全身心地扑在训练上。换了一个球拍，等于换了一种打法，由快攻改成了拉攻，这对于擅长近台快攻的中国队来讲，招致一些不同的看法是难免的。有人曾当面讲："你郗恩庭改来改去，改成了个四不像！"如果这些说法郗恩庭还能理解的话，有些上升到政治高度的说法，如"丢掉中国的传统，走欧洲人的路，搞洋奴哲学"等，则使郗恩庭承受着巨大的压力。坚定的意志、顽强的作风、刻苦的训练，也赢得了不少的理解和支持。就在第32届世乒赛出征前，有一位老战友拍着郗恩庭的肩膀说："别看你不说话，我知道你在想什么！你不就是憋足了劲儿，想在第32届世乒赛上拼一下嘛！放手去拼吧，第32届世乒赛冠军非你莫属！"

"鸵鸟政策"

第32届世乒赛打得十分艰苦，到四分之一决赛时8名选手中亚洲选手仅剩下郗恩庭一个人了！面对决赛孤军奋战的不利局面，为了吸取第31届世乒赛"阴沟翻船"的教训，郗恩庭给自己制定了一套"鸵鸟政策"。不论球场观众怎样喝彩，不论球场气氛怎样严峻，自己都要保持冷静，决不受任何干扰！每场比赛都在自己手心上写上三句话："不打一个冤枉球，场场是决赛，分分都是20平！"郗恩庭放稳了心态，反复叮嘱自己，只要按这三句话去做，无论什么结果都认了！

四分之一决赛，郗恩庭面对的是捷克斯洛伐克名将奥洛夫斯基，从第一个球开始，郗恩庭就认真执行他的"鸵鸟政策"，一丝不苟，分分必争，场场死拼，就这样以3∶1的比分取胜，郗恩庭进入了半决赛。

半决赛，郗恩庭遇上了南斯拉夫著名选手斯蒂潘契奇，这是一个以近台两面弧圈球打法著称的欧洲名将，脾气很大，球路也很凶狠。郗恩庭仍然按照他的"鸵鸟政策"，打得不紧不慢控制速度和落点，使斯蒂潘契奇优势一点儿也发挥不出来，越打越难受，越打脾气越大。经过5局苦战，郗恩庭又以3∶2的比分战胜斯蒂潘契奇进入了决赛。

决赛是郗恩庭和瑞典名将约翰逊的争夺，这是一场惊心动魄、艰苦绝伦的比赛。四分之一决赛和半决赛的胜利，更加坚定了郗恩庭执行"鸵鸟政策"的决心和信心。第一局约翰逊打得积极主动，先声夺人，赢得了开局的胜利，郗恩庭冷静地思索了第一局失利的教训，充分发挥自己发球抢攻的优势，压住约翰逊的士气，一直打在他的前头，夺得了第二局的胜利。第三局双方都使出了浑身的解数，力求取得这一局的主动，比分交替上升，打得难分难解，由于最后两个球处理得不够理想，让约翰逊抓住了机会，拿下了第三局。在不可失掉的第四局，郗恩庭抓住约翰逊的弱点，用推挡死压反手，不紧不慢，突然变线，球直奔正手空当，约翰逊措手不及，忙乱抵挡过来，郜恩庭一记重扣，拿下了关键的第四局。前四局的比赛，全场观众时而鸦雀无声，时而欢呼雀跃，二比二的比分又把观众的情绪推向了高潮。第五局的比赛，双方都打得小心谨慎，斗智斗勇，比分交替上升一直打到 10 平。此时轮到郜恩庭发球，他依靠精湛的发球绝技和突如其来的抢攻，把比分打成 14∶11。轮到约翰逊发球，他又把比分追到 15∶15。全场观众都屏住呼吸、瞪大眼睛，欣赏着这一分分交替争夺的精彩！又轮到郜恩庭发球，他低头看了看写在手上的三句话，抬头看了看球场的圆弧大顶，镇静了一下自己的情绪，依然发球抢攻、压反手，打得约翰逊格外别扭，比分又上升到 19∶16。最后一轮发球权又回到了约翰逊手中，他想全力扭转落后的局面，利用发球的主动，他又把比分追到了 18∶19。还有一分之差，约翰逊抬头看了看郜恩庭的站位，突然发了个近网短球，约翰逊接着给了郜恩庭一个长球，郜恩庭也回敬了约翰逊一个长球。真是运气，这个长球是个擦边球，比分立刻成为 18∶20。真倒霉！约翰逊摇了摇头，又接着发了一个压底线的下旋球，郜恩庭也沉着地搓了一个压底线的下旋球。真是神了，又是擦边球！以 18∶21 的比分结束了这场让人难以忘却的、载入史册的经典决赛！就在裁判员刚刚报完这个比分的同时，筋疲力尽的郜恩庭和约翰逊都倒在了球台场地的地板上，在一片欢腾的声浪中，郗恩庭竟然毫无反应，全然不知！

真是无法抹去的记忆。几十年前的经历，郗恩庭如数家珍般一口气给我讲完。他讲得绘声绘色，我听得如醉如痴！

感悟人生

听完后我久久没有入睡，我想了许多……毫无疑问，每一个人都想创造出自己人生的辉煌，但并不是每个人都能抓住人生的机遇，达到人生辉煌的顶点。郗恩庭的人生经历，至少使我得到了三点人生启示：第一，机遇对每一个人来讲都是公平的，机遇始终伴随着我们，永远不要说为时已晚。人世间，既有英才少年，也有大器晚成者。人生本身就是由无数个起点和终点组成的，关键是自己要能认准机遇、把握机遇、抓住机遇。第二，机遇从来都是为有准备的人而准备的。有优势，把握不好，机遇可能失去；没有优势，把握得好，也可能创造机遇。只要在机遇面前能够正确认识自己的优势和劣势，扬长避短，就可以变"不可能"为"可能"，任何奇迹都可能发生。古人"祸兮福之所倚，福兮祸之所伏"说的也是这个意思。第三，要有敢于面对机遇的勇气，要有赢得机遇的自信。不少人在机遇面前，畏手畏脚，缺乏自信，不敢拼搏，机遇瞬间丧失，只有望洋兴叹！无论任何人，自信都是迎接挑战、赢得机遇的重要前提。

春天，是山花烂漫的日子，秋天，同样也是山花烂漫的季节！此刻，我想起了一位著名诗人的名句：朋友，春的后面不是秋，何必为年龄发愁，只要在秋天里结下你的果实，就不必在春花面前害羞！

（此文发表于 2004 年第 9 期《专家视线》）

放歌"神六"

"第二次载人航天飞行，是今年我国最具影响，最具战略意义的重大科技活动。"

——胡锦涛

苏联著名的航天科技先驱者齐奥尔科夫斯基曾经说过：地球是人类的摇篮，人类绝不会永远躺在这个摇篮里，而会不断探索新的天体和空间。开始他们小心翼翼地穿出大气层，然后便去征服整个太阳系。

——题记

第一日

关键词：送行、发射、成功

8 时 47 分：举行送行仪式。

9 时 0 分 0 秒：点火。

9 时约 10 分：飞船与火箭成功分离，火箭工作完成。分离点高度约 200 公里，距点火 583 秒。

9 时 39 分：中国载人航天工程总指挥陈炳德宣布："神舟六号载人飞船发射取得圆满成功。"

15 时 54 分：飞船变轨从 15 时 54 分 45 秒开始，变轨发动机工作了 63 秒，64 秒后进入平稳状态。

21 时 32 分：两位航天员与家人天地通话。

当"神舟"五号首次载人飞天的喜悦还萦绕在每一个中国人的心头之际，"神舟"六号载人飞船成功的喜讯又一次激荡着九百六十万平方公里的神州大地！

2005 年 10 月 12 日凌晨，酒泉基地上空忽然飘起了今年的第一场雪花，清晨又悄然无声地停止。洁白的雪花装点在火箭发射塔上，使高耸的发射塔架在雄伟中透出了迷人的妩媚。上午 9 点整，长征二号 F 火箭从酒泉卫星发射中心呼啸腾空，英姿飒爽地奔向太空！

满怀着成功的喜悦，我在紧张的指挥现场、在繁忙的发射基地、在布满仪器的实验室里、在一个接一个的会议间隙，抢抓时间先后采访了中国载人航天工程总设计师王永志、中国航天科技集团公司总经理张庆伟、"神舟"六号发射试验大队大队长许达哲、"神舟"六号飞船系统顾问戚发轫、"神舟"六号飞船总指挥尚志、总设计师张柏楠、长征二号F火箭系统顾问黄春平、长征二号F火箭总指挥刘宇、总设计师刘竹生、任务工作组组长周晓飞，以及参与"神六"研制的一大批年轻人。他们给我讲述了"神六"发射成功的重大意义；"神六"与"神五"技术的种种突破；"神六"各种试验的曲曲折折，让我走进了"神六"研制的日日夜夜，品尝到了"神六"研制过程的艰辛和喜悦，看到了"神六"成功背后一个个鲜为人知的动人故事……

多人多天的历史跨越

第二日

关键词：开关舱门、穿脱压力服、穿舱、抽取冷凝水

4时16分：第13圈，航天员费俊龙进行开关舱门试验，舱门在太空中关闭密封和快速检漏得到验证，完全正常。

5时许：航天员在返回舱内，在规定时间进行了穿脱压力服试验。

14时25分：在飞船绕地球第20圈飞行时，航天员进行了三次穿舱试验。

17时10分：轨道舱内的航天员4分钟内连续按动抽取冷凝水开关约百次。

1992年1月，在党中央的决策指引下，我国航天专家精心编制了我国航天工程"三步走"的战略规划：第一步，创造航天基本技术条件，实现载人的突破；第二步，继续实现航天基本技术的突破，创造人类长期在太空生活、工作的条件；第三步，建立航天空间站，实现人类可以自由往返于天地之间。

"神舟"五号实现了我国航天规划第一步的战略目标，开创了我国载人航天的崭新历史，使我国成为继俄罗斯和美国之后第三个拥有载人航天技术的国家。但"神五"毕竟只搭载了一个人，太空飞行也仅有21个小时，没有实现航天员从返回舱到轨道舱的行走和工作。航天事业的发展，急切地呼唤着我国尽早实现航天规划第二步的战略目标，实现多人多天的技术突破。"神六"的发射，拉开了我国载人航天工程第二步的序幕！

"神舟"五号飞天成功后，我国航天科研队伍进行了具有历史意义的新老交替。除留了少数几个老专家进行过渡外，功勋卓著、德高望重的"神舟"飞船总设计师戚发轫、长征二号F火箭总指挥黄春平等一批老专家退居二线，袁家军、尚志、张柏楠、秦文波、吴燕生、刘宇、周为民、肖厚德等一大批高学历、高素质、事业心极强的中青年航天科技人才成了新一代的领军人物。就是这支年富力强的"少壮军团"，勇敢地挑起了"神舟"六号研制的重担！

从一人到多人，从一天到多天，实现人类在太空正常生活和工作的基本条件，这就是"神舟"六号的历史使命！多人多天的太空飞行，必须为航天员创造更为可靠的生命保障系统、更为舒适的航天环境和更为便利的工作生活条件！

太空环境与地球环境有着天壤之别。太空中高度真空没有空气，空间温差也极大，飞船朝太阳的一面温度可达128℃，而背阴的一面则会在零下148℃，温差高达276℃。同时，太空中还充满了有害的宇宙辐射……飞船除了要从技术上解决保温、防辐射等一系列环境控制问题外，还必须解决人在太空中吃喝拉撒睡等基本生活条件的问题。杨利伟在太空飞行了21个小时，而"神舟"六号要在太空中飞行5天，吃喝拉撒睡这一人类生存的基本问题必须解决好。

据专家介绍，一个航天员在太空中一天要吸入0.86千克的氧，排出0.95千克的二氧化碳，要吃2.02千克的食物，喝0.9千克的水，排出1.56千克的尿和0.18千克的大便。这一进一出的所有物质，都必须在飞船中全部解决好，否则人类在太空中一天也待不下去！

在不足6立方米的轨道舱和返回舱内，航天员活动空间仅仅只有4立方米左右。不了解航天的人也许会说，4立方米的空间也真是太可怜了！事实上，除了以前的阿波罗登月飞船，"神舟"飞船的空间是目前世界上在用飞船中最大的一个了！俄罗斯联盟号飞船的直径只有 2.2 米，而我国"神舟"号飞船的直径却达 2.5 米。为了把航天员这个小小的"家"设计得更合理、更方便、更温馨，飞船系统的设计师们绞尽脑汁盘算着每一寸空间。在摆放了 3 张航天员座椅和许多仪器设备后，为了把给航天员精心准备的 800 多公斤生活用品摆放在两个舱段内，他们在飞船的墙壁上设计安装了许多小柜子，把各类生活用品都分类摆放好。飞船舱内不仅要提供与地球相同的大气压和航天员需要的氧气，提供饮用水、生活用水和食物，还要排除废气、废物，保证舱内的温度、湿度和清洁。甚至连飞船墙壁上的色彩，他们也都为航天员想到了，选用了柔和、亮堂的乳白色。这样，"神舟"六号上的航天员就可以在轨道舱里，吃上经过加热炉加热的正餐，喝上清洁的饮用水。不仅配备了大便器、小便器，而且还采用了科学消除异味的方法。不仅配备了舱内宇航服，而且还配备了舱内工作服。第一次使用了我国自己研制的睡袋，保证了航天员在失重状态下的睡眠问题。吃喝拉撒睡问题的解决，不仅解决了人类在太空长期正常生活的基本问题，而且也为航天员在太空中开展探测研究工作创造了条件。

链接：太空第一餐

费俊龙、聂海胜飞天后的第一餐是在返回舱里完成的。10 月 12 日上午 11 时 11 分，二人在太空吃着航天食品，此时距离他们离开地面仅有两个多小时。从太空传回的画面可以看到，费俊龙与聂海胜打开携带的红色包装盒，取出两块月饼就餐。

本次"神六"预计飞行五天，负责航天员食品研制和供给的航天员系统食品系统主任设计师陈斌说，他们给航天员准备了七大类四十余个品种的菜肴，确保航天员每顿能吃上二荤一素一汤。这些菜需要加热，飞船上有加热装置。

发射前夕，我在酒泉基地问天阁宾馆的一个会议室里，见到了即将出征的两位六十年代出生的航天员费俊龙和聂海胜。"凡是能想到的，火箭、飞船设计师们都想到了，而且考虑得很周到。"他们显得那样的自信，"真实体验一下太空生活，才是对我们具有真正意义的考验！"他们告诉我："航天员的训练十分艰苦，训练标准也极其严格。从今年年初到现在，天天都在训练。"他们还笑着给我讲："真有意思，在失重状态下，头负6度低位睡觉是最舒服的。"费俊龙的干练沉稳和聂海胜那双特别明亮的眼睛以及那一脸真诚灿烂的笑容，都给我留下了难忘的印象！

从10月12日上午9点14分，宇航员费俊龙在太空飞船舱内发回的第一次报告"感觉良好！"，到10月17日两名宇航员圆满地完成了人类在太空中长期生活、工作基本条件的试验，以及有航天员亲自参与的多种空间科技试验，安全返回大地为止，再一次展示了我国航天技术的发展和成熟！

"神舟"六号，实现了我国航天技术史上的又一次历史性跨越！树立了中华民族载人航天史上又一座承前启后的里程碑！

链接："神六"航天员档案

费俊龙：1965年5月生，江苏昆山人。身高170厘米。入选航天员前是空军某部飞行技术检查员，飞行时间1790小时，特级飞行员，荣立二等功一次。现为三级航天员，副师职，上校军衔。曾在"神舟"五号任务中参加5名航天员的强化训练。

费俊龙的妻子叫王洁，也是一名军人。他们为儿子起名为一种飞行器的谐音，费迪。希望儿子以后能驾驶比飞机更高级的飞行器去探索宇宙。

聂海胜：1964年9月生，湖北枣阳人，大学本科学历。原南京空军某部领航主任，飞行1450小时。1983年6月入伍，1987年毕业于空军第七飞行学院，曾在空军航空兵某师任飞行员，1998年1月入选航天员，现为三级航天员，副师职，上校军衔。"神舟"五号首飞梯队成员。

聂海胜小的时候学习很刻苦，特别是数学成绩好，同学们都叫他"数学王"。

1983年，聂海胜读高二时，部队到学校招飞行员。聂海

胜与同班的另两名同学被长春一所航空学校录取。细心是聂
海胜的一大长处，在航天员梯队选拔考核中，聂海胜的单项
考核成绩出现了整个考核难得一见的满分。

不败的东方大力神火箭

第三日

关键词：轨道维持、太空生活

2 时 30 分：费俊龙休息结束，起床，刷牙，并仔细地用
特殊的剃须膏修整胡须。

5 时 56 分：神舟六号飞船在第 30 圈飞行中，飞船发动机
点火，进行变轨后的首次轨道维持。

16 时 30 分：航天员费俊龙在舱内连做了 4 个"前滚翻"，
用时约 3 分钟。

秋天，是孕育收获的季节，也是放飞希望的季节。

深秋的酒泉卫星发射中心，带给人们的更是无垠的希
冀和无限的憧憬！在湛蓝湛蓝的天空下，沙漠、戈壁、胡杨
树，还有偶尔进入你视野的几只骆驼，几乎都涂抹上了一层
鲜亮的黄色，到处都是金灿灿的！

雄伟的火箭发射塔，在这一片迷人的秋天景色映衬下，
更显得英姿勃发！高耸的身姿仿佛是在急切地呼唤着"神舟"

六号升空那一时刻的到来！

火箭，是整个航天工程的第一道工序，也是飞船发射成功的第一个关口！每当火箭即将点火发射升空的那一刻，人们总也忘不了戚发轫老总讲过的那幕终生难忘的经历：

那是2001年在俄罗斯著名的拜科努尔发射场，戚发轫老总随中国航天代表团观看"联盟"号飞船发射。当3名身穿白色宇航服的年轻航天员即将进入"联盟"号飞船时，飞船的总设计师健步走到3名航天员面前，当着航天员的面在发射任务书上郑重签下了自己的名字，然后再与航天员一一握手，并饱含深情地对航天员们说："没有把握我是不会送你们上天的！"我们的载人航天，必须有更大的把握、更可靠的保障！这已经成为铭刻在戚发轫老总和全体航天人心头第一位的追求！

在紧张繁忙的酒泉卫星发射中心，我拜访了中国载人航天工程总设计师王永志。和蔼可亲的王永志总师告诉我："在整个航天技术中，最最困难的是载人航天技术！它要确保飞船安全，确保航天员安全，还要取得一系列航天基本技术的突破！要解决太空行走的技术问题，要掌握空间交会对接的技术，还要建立空间站。这一切，最重要的还是安全、可靠的问题，这可是人命关天的大事呵！"他一脸严肃地对我说，"航天飞行更需要以人为本，国家培养一个航天员可真不容易啊！"

为了确保飞船的安全，为了确保航天员的生命安全，长征二号F火箭系统的设计师们和科研人员不知付出了多少心血，承载了多大的压力！长征二号F火箭从1992年方案论证到1999年首飞历经七年，火箭系统总指挥黄春平、总设计师刘竹生和他们的助手呕心沥血，"七年磨一箭"。他们在实现自动监测分系统、逃逸分系统、控制分系统和垂直总装、垂直测试、垂直整体运输方案等一系列关键技术创新突破的同时，始终把可靠性、安全性放在第一位，决心把长征二号F火箭打造成世界上标准最高的"不败工程"！

1999年11月20日6时30分，长征二号F火箭首飞，它带着火箭系统全体设计人员和科研人员的智慧和嘱托，托举着"神舟"一号飞船准确送入太空，为我国20世纪最后一次航天活动画上了一个圆满的句号。随后，长征二号F火箭又接连成功地把"神舟"二号、三号、四号、五号飞船送入浩瀚苍穹。就是这个全长58.34米、起飞质量480吨、可把8吨重的有效载荷送入近地点高度200千米、远地点高度350千米、倾角42.2～2.7轨道的火箭，使我国成为除了美国和俄罗斯之外世界上第三个拥有载人飞船运载火箭的国家！

尽管黄春平、刘竹生对自己研制的产品充满了信心，但当"神舟"五号飞船首次载人发射时，他们的心情还是相当紧张的，毕竟"人命关天"啊！黄春平、刘竹生都是衣袋里装着速效救心丹，前往发射场地的。就在"神舟"五号点火升空的那一刻，刘竹生的心跳达到每分钟110次，而首飞航天员杨利伟的心跳才76次。还有一位老院长承受不了心理的紧张，硬是从发射场上被担架抬了下来！"神舟"五号发射成功后，黄春平，这个时任长征二号F火箭总指挥、平时性格刚强的福建汉子，也找了个僻静的地方大哭了一场！俗话说"男儿有泪不轻弹"，但男儿有泪必弹时，就一定会"惊天地，泣鬼神"！黄春平这满面纵流的泪水，与其说是激动的泪水、辛酸的泪水，还不如说是憋了多年心理巨大压力释放的泪水！

长征二号F火箭已经五次将"神舟"飞船准确送入太空，可靠性提高到0.97，航天员的安全性达到0.997，目前已是五发五中。长征二号F火箭的可靠性、安全性和成功率已达到国际先进水平！但航天人十分清楚：成功并不等于成熟，五次安全也不意味着永久的可靠！

"神舟"五号发射成功后，中国航天科技集团公司总经理张庆伟就在"神舟"工程两总联席会议上提出：要把"神舟"五号发射中发现的所有问题全部"归零"！要牢固树立"零缺陷"工作目标，建立"零缺陷"行为准则，要严上加严，细上加细，绝不能放过任何细小的问题，绝不能漏过任何一处可能的隐患，也绝不能让飞行产品带着问题出厂，带着问题转场，带着问题发射！"产品是生命的物化"，把箭、船产品视为生命，这是航天人溶化在血液里的特有理念！

按照"一切故障归零"的要求，这支队伍一刻也没有喘息。他们先后找出了大大小小的 80 多个问题，整整用了一年零八个月的时间，将所有发现的问题全部进行了整改。"技术归零""管理归零"，要用对问题百分之百的"归零"，来确保火箭发射百分之百的"可靠"！

为了给航天员在起飞上升阶段创造更加舒适的条件，他们连续搞了三个月的振动试验，先后处理了上万个相互关联的数据，优化解决了一系列动力学的问题。

为了提高伺服机构的可靠性，他们又进行了一系列真空条件下的振动试验，全面检查了所有的电气系统、机械系统和几万只电子元器件。

为了进一步提高逃逸分系统的可靠性，他们又对逃逸分系统四台固体发动机进行了改造。

为了提高火箭系统的整体可靠性，他们对每一个元器件都进行了严格的筛选，质量标准的控制达到了近乎严酷的程度。一个元器件的可靠性从 90% 提高到 99%，他们要进行 290 多次反复试验，其中不能出现任何一次故障！火箭飞行的全过程仅有 600 秒的时间，但他们对产品元器件的质量要求却是 600 个小时！有时为了一个弹簧、一个碳刷、一段电缆、一种原材料，他们都要亲自跑到生产厂家、生产车间，交代工艺要求，提出生产标准，甚至现场监督生产。

为了进一步提高航天工程试验水平，他们又在"神六"

火箭上首次安装了实时图像传输系统，可以使火箭运行全过程的图像连续不断地传输到地面。

在试验"神舟"飞船那数不清的日日夜夜里，在永无止境的创新攀登中，长征二号F火箭的老总和他们的助手一起，共同创造了一个又一个奇迹，谱写了一项又一项第一，赢得了"东方大力神"火箭的美誉，向全世界展示了中国载人航天"不败工程"的智慧和实力！

生命攸关的飞船舱门

第四日

关键词：天地通话

16时许：中共中央总书记、国家主席、中央军委主席胡锦涛来到北京航天飞行控制中心，与正在太空飞行的航天员费俊龙、聂海胜进行实时通话。

人们也许不会忘记，2005年8月9日，美国"发现"号航天飞机从太空艰难曲折、惊心动魄地返回大地时，女机长艾琳·柯林斯激动地讲出的第一句话——"我们回来了，回家的感觉真好！"

飞船升空的过程危险重重，返回和着陆的过程同样也是重重危险。飞船返回地球时，除了要闯过五道"鬼门关"：调姿关、火焰关、过载关、撞击关和落点关外，还必须解决好返回舱和轨道舱之间的舱门密封问题。这可是一道生命攸关的舱门啊！1971年6月30日苏联"联盟"11号返回地球时，就是由于返回舱舱门密封出了问题，导致了多勃罗沃尔斯基等3名航天员窒息而死。

杨利伟在执行"神舟"五号飞行任务时，全部时间都待在返回舱里，没有打开返回舱的舱门进入轨道舱，这个舱门在起飞前就在外面一次封闭好了。但聂海胜、费俊龙执行的"神舟"六号飞行任务，则要求他们在飞船进入太空轨道后，在返回舱内自己打开连接轨道舱的舱门，进入轨道舱执行多种操作任务，还要在执行返回命令之前，由轨道舱回到返回舱，关闭好这道生命攸关的密封舱门。

这是我国航天员第一次在太空进入轨道舱工作！为了确保在真空、失重条件下，这道舱门能够打得开、关得上、关得严、易操作，飞船总体部舱门检漏小组的20多位年轻人，以他们四个多月的不懈努力，为航天员提供了一套安全、可靠的密封技术保证和方便稳定的操作条件。他们在舱门的上下两面都镶上由新型材料制造的密封圈，并且对舱门上的密封槽和密封圈的制造提出了苛刻的超极限标准。他们还创造了"保压检漏法"和"舱门快速检漏法"，通过一系列的舱门泄漏和飞船大舱密封试验，摸索出了合理控制舱门密封的全部技术参数。为了保证航天员在失重的状况下，以不超过10

公斤的力量就可以把舱门安全打开、安全关上，他们实现了舱门连续开关800多次无故障的可靠质量。为了防止类似头发丝等细微杂质对密封圈的污染，他们还寻找到了能在太空中清除污染的保洁湿巾。对保洁湿巾在太空中使用的方法、程序，他们也都做出了详尽、具体的规定。飞船结构与机构分系统主任设计师，四十二岁的湖南妹子陈同祥对我讲："密封是航天员生命的基础，任何细小的失误都会酿成无法挽回的损失！所以，我们做事情、想问题，首先都是想不好的。凡是能想到的问题，我们都通过试验扎扎实实地解决了！我们都已经养成了职业习惯，包括在生活上也是这样，想事情首先都想可能出问题的一面！"说完这句话，她自己抿着嘴先笑了。

"凡是能想到的问题，我们都一丝不苟地解决了！"这群可爱的年轻人告诉我，"只要我们的工作和祖国的荣誉联系在一起，无论这项工作多么细小，多么微不足道，我们都会认认真真地去做好，都会深感神圣和自豪！"

链接：

10月15日下午4时，中共中央总书记、国家主席、中央军委主席胡锦涛来到北京航天飞行控制中心。他首先听取了有关神舟六号载人飞船运行情况的汇报，随后走进第一指挥大厅，准备同飞船上的航天员通话。

4时28分，神舟六号载人飞船进入测控区，费俊龙、聂海胜两位航天员在飞船舱内的图像清晰地显示在大屏幕上。胡锦涛拿起电话，同两位航天员亲切交谈。

航天员聂海胜用响亮的声音向总书记报告：神舟六号飞行正常，我们的身体感觉很好，空间科学实验正按计划顺利进行。请总书记放心，请全国人民放心。

胡锦涛在通话中说，听到你们身体状况良好，各项实验顺利进行，我们十分高兴。神舟六号载人飞船发射成功，标志着我国载人航天事业又迈出了新的重要一步。他说，你们作为担任这次飞行任务的航天员，做出了杰出贡献，祖国和人民为你们感到骄傲。希望你们沉着冷静，精心操作，圆满完成任务。祖国人民期盼着你们胜利凯旋。

航天员费俊龙表示，衷心感谢总书记的关怀，衷心感谢祖国人民的支持。我们一定圆满完成任务。

安全着陆的最后缓冲

上天难，返回更难！

飞船在太空轨道上运行的速度比最快的超音速飞机还要高十几倍，相当于一列时速为100公里、重量为5000吨列车动能的50多倍！飞船返回大气层时，虽然受到稠密大气的阻力，速度有所减缓，但仍然是音速的20多倍！当飞船返回下降距地面 15 公里时，在空气阻力的影响下，下降速度开始由超音速减到亚音速，并稳定在每秒 200 米左右，如果此时没有安全可靠的减速措施，飞船也会一头撞向地球而粉身碎骨！减速，就成为航天员安全返家的最后一个关键环节。

在酒泉卫星发射中心指挥中心，戚发轫顾问、尚志总指挥、张柏楠总师、秦文波副总指挥给我全面讲述了飞船返回地面的多种技术措施。

在万里迢迢的返家路上，"神舟"六号飞船采用了先进的返回制动技术、再入防热技术、回收和着陆等技术。飞船通过制动发动机点火来改变运动方向，转入地球轨道；然后通过再入控制技术，采用滚动控制升力的方向，使飞船度过过载关，当飞船距地面 10 公里时，减速伞打开，使飞船下降速度减至每秒 80 米。当距离地面 8 公里时，飞船抛掉减速伞打开 1200 平方米的主降落伞，使下降速度减至每秒 13 ～ 17 米。当距离地面 1 米时，飞船底部反推火箭点火，给飞船一股向上的冲力，使飞船以每秒 1 ～ 4 米的速度缓缓落地。这一系列减速措施已经在五次飞行中得到了实践的验证，证明它是安全的、可靠的！

但为了使承载两名航天员的"神舟"六号飞船能够更安全地落地，他们在充分研究"神五"系统减速技术的基础上，又对航天员的座椅进行了优化设计，这种设计将充分利用返回舱即将落地的瞬间，航天员座椅迅速弹升的物理作用来吸收落地时造成的冲击能量，给航天员创造更加安全、可靠和舒适的落地条件。为了给座椅的改进提供科学、具体的设计参数，又是一群年轻的科研设计人员，齐心协力进行了两个多月的试验，他们按照返回舱 3 吨左右的重量，设计了在不同的风速、不同的姿态和不同的地段条件下，多种力学参数的交互变化影响，开展了多种仿真冲击试验，最终取得了一套优化的力学组合参数。为了把力学参数和生理模拟数据结合起来，他们还把仿真试验和真实试验结合起来，动用军用飞机从8000米的高空进行了4次空投试验，全部获得了成功！

多种方案、多种措施，为飞船安全返家，为航天员最后的缓冲落地提供了可靠的保证。

用成功报效祖国

第五日

关键词：期待、问候同胞

13 时 10 分：神六飞船已经安全飞行 100 个小时。

20 时 00 分："神舟"六号70 次飞过祖国上空，其中，多次从台湾、香港、澳门上空飞过。航天员费俊龙、聂海胜从太空向全国各族人民问好，向港澳同胞、台湾同胞和海外侨胞问好，并报告飞船工作正常，太空生活愉快。

21 时 04 分：中国载人航天工程指挥部负责人在此间宣

布，"神舟"六号载人飞船将于10月17日凌晨按计划实施返回。

21时57分：在太空飞行近109个小时的航天员费俊龙、聂海胜向北京航天飞行控制中心报告，"神舟"六号开始进行返回准备。

2005年7月，酒泉卫星发射中心又一次沸腾起来！

运载火箭试验大队、载人飞船试验大队和任务工作组的全班人马，从北京、上海、西安，从全国各地来到了发射基地。

"神六"任务试验大队大队长许达哲、副大队长吴燕生、袁家军也先后来到了发射基地。

庞大的运载火箭、沉稳的载人飞船、一部部精密的检测仪器、一台台复杂的实验设备和不计其数的配件、服务装备也都乘着专列、专机和专车来到了发射基地。

"神六"箭、船的总装和发射前的最后调试就在这里开始了！ 500多人的设计和研发队伍就要在这一片荒凉的戈壁滩上，展开最后的冲刺！这是一个激动人心、决战决胜的关键时刻！

出发前各个单位都召开了隆重的"壮行大会"。那是在庄严的国歌声中，在鲜艳的五星红旗下，所有试验队员都是带着领导的嘱托，带着战友的希冀，带着亲人的期盼，带着自己的誓言出发的。那种场面，仿佛使每一个试验队员又都回到了那个"妻子送郎上战场，母亲送儿奔前方"的热血沸腾、激情燃烧的年代！

曾经参加过5次"神舟"发射、中国航天科技集团公司副总经理、担任"神舟"六号发射试验大队大队长的许达哲，在发射基地第一次动员大会上那富有激情、富有感召力的讲话，激励和鼓舞着每一个试验队员："'神舟'六号发射任务是我们每一个航天人神圣的政治使命和历史责任，也是我们每一个航天人报效祖国的难得机遇！在这场为祖国、为民族争光的事业中，我们每一个人都要真正做到工作无缺陷、产品无隐患、人生无遗憾！"

"用成功报效祖国"已经成为这支载人航天队伍的崇高追求，也是这支"特别能吃苦、特别能战斗、特别能攻关、特别能奉献"的航天队伍精神风貌的生动体现。

从8月2日基地召开发射场区实验任务汇报暨动员大会算起，到10月12日"神六"升空为止，整整72天，这支队伍没有白天，没有黑夜，没有星期天，更没有节假日。火箭、飞船两大系统、几万台上天的设备、十万个上天的电子元器件、几十万条计算机的程序软件……全都要在发射前调校、检测、组装完毕，而且要确保万无一失，甚至要几十万无一失！

他们也是一群普普通通的人，他们也有父母，也有妻子儿女，也有热恋中的朋友，也有同常人一样的生活情趣和业余爱好！但他们又不是一群普普通通的人，为了中华民族的载人航天事业，他们牺牲了对父母的孝道，放弃了同妻子儿女的温馨，也舍弃了与热恋爱人的花前月下！与大多数同龄人的"浪漫"生活相比，他们付出的也许太多太多……但"一切为了载人，一切为了成功"，他们心甘情愿、无怨无悔！

"神六"试验队中来自上海航天局805所的年轻队员杨华星，被要求于7月6日乘专列出发，但他的妻子正面临分娩，预产期是7月9日。杨华星为了"神舟"六号，没有推迟出发的时间。他一边在基地紧张的工作，一边默默地祝福着妻子。在焦急的期盼中，已经超过预产期5天的妻子，还是没有动静。就连周围的同事们也都天天焦急地询问："生了吗？生了吗?！"

7月14日晚终于盼来了岳母的手机短信："刚进去，她托医生转告，她很好，请放心！估计明早8点后才会生。"说来也怪，报平安的短信反而使杨华星紧张了起来，他躺在床上辗转反侧难以入睡。"该生了吗？不会难产吧？要手术吗？可谁去签字呢？"他心里不停地嘀咕着，"应该没有问题，不是早有安排嘛。不着急，不是说明早8点吗？明天还有工作……"正当他昏昏欲睡时，嘀嘀嘀的手机短信声急促地响起。杨华星一骨碌爬起，拽起手机，打开短信："小公鸡于今晨4点30分啼叫，声音洪亮，大眼睛，大耳朵，重量

3406克，恭喜你当爸爸了！"他蹦了起来，开心激动地大声喊道："生了，生了，我当爸爸了！"同室的同伴们全都醒来了，他们在第一时间恭喜杨华星："不容易啊，不容易！"队员们都忙着给杨华星的儿子起名字，不知是谁说了一句：就叫"六六"吧！大家齐声喊道：对！就叫"六六"！他是"神六"的儿子，他也祝愿"神六"发射六六大顺啊！激动的杨华星提笔就给母子俩写了一首诗："戈壁灼浪卷沙忙，雄鸡一唱思儿郎。誓圆神六飞天梦，唯我航天铸辉煌！"第二天清晨，杨华星迎着鲜红的朝阳，带着初为人父的喜悦，带着对妻子的内疚，也带着对美好生活的期望，又投入到繁忙的测试工作之中。

今年还不到四十岁的秦文波，是我国载人航天工程中最年轻的副总指挥之一。一年中，他几乎有三分之二的时间在研究院和发射基地中度过。妻子自从嫁给他的那一天起，就已经是半个航天人了。妻子常说："因为懂得，所以理解！"她以一个贤惠妻子的瘦弱身躯，几乎承担起了全部的家务。就在这次出发前夕，妻子的手指骨折，还是坚持用带伤的手，帮助丈夫整理行装。为了尽量帮助丈夫减轻一点工作上的压力，她总想帮助丈夫多做一些。来到基地，当从行囊中取出一件件考虑周全的衣物用品时，眼前就浮现出妻子辛劳的身影。全部的家务，真是难为妻子了！秦总有一个大家庭，老奶奶九十三岁，父母也已年过花甲，作为长子长孙，他平常很少有时间去看望他们。1994年父亲得了癌症，在上海住院治疗期间，母亲多么希望就在上海工作的儿子，能够多一点儿时间来陪陪病重的父亲呀！但由于工作太忙，他只到医院看望了两次父亲。在一旁掉泪的母亲，看着两鬓已经花白的儿子心疼地说道："工作太忙就不要来了，只要把自己的工作干好，你父亲也放心了！"每当想到这些，秦总心中都充满了内疚。

秦总有一个可爱的十二岁的女儿，来到发射基地不久，他就收到了女儿的一封来信，信中写道："亲爱的爸爸，你最近好吗？你到基地后，我又想起了你在家里那快乐而又稀少的时光，我多么希望能一直有这样短暂而愉快的时光啊！我知道，我的希望是不可能实现的。你现在肯定在基地忙碌着，为飞船发射成功做贡献是吧！如果你想我和妈妈的时候，我教你一个'思念三部曲'：看看照片、打打电话、写写信。爸爸，忘问你了，你第一次去基地的时候，我和妈妈对你说的四个字你没有忘记吧？'冷静乐观'。我相信你肯定能成功！祝你成功！永远支持你的女儿。"多么懂事的女儿啊！读着女儿的来信，秦总流下了动情的眼泪。

在发射基地，像这样催人泪下的人和事还有许多许多……有把幼小的孩子放到父母家，夫妻双双共同在基地参战的试验队员；有怀揣医院住院诊断书，带病坚持组织检测试验的领导、队员；还有默默无闻、无怨无悔主动做好各种服务工作的保障队员……不同的岗位，不同的职责，不同的年龄，不同的经历，但整个发射基地实验队员们却都有着一个共同的目标，那就是："万众一心，确保神六发射成功！"万众一心，这是多么伟大的力量呵！这么一支充满敬业精神、甘为祖国航天事业默默无闻、无私奉献的队伍，不正是中华民族伟大复兴事业中一群最可爱的人吗！

第六日

关键词：返回、出舱

2时40分许："神舟"六号飞船返回指令解锁，即将结束五天的太空之旅，踏上返乡路程。

3时18分：飞船飞行第76圈，飞船推进舱太阳帆板垂直归零。

3时43分：第一次调姿开始。

3时44分：轨道舱返回舱分离解锁，航天员报告轨返分离。10秒后，第二次调姿开始。

3时45分：神舟六号开始返回。

4时07分：密封板分离手控指令发出，推进舱和返回舱分离。

4时13分：飞船进入黑障区。

4时20分：直升机目视到目标。

4时33分：飞船返回舱着陆。返回舱实际着陆地点距理论着陆点相差仅一公里。神舟六号共飞行 77 圈，行程约 325 万公里。

5 时 07 分：返回舱舱顶舱门打开。

5 时 38 分：航天员费俊龙、聂海胜按正常程序出舱。

2005 年 10 月 12 日，这是一个历史性的时刻！当组装和调试完毕的火箭和飞船矗立在发射塔架时，全体实验队员就像是送自己亲生的女儿出嫁一样，显得那么激动，那么自豪，那么恋恋不舍！此时的"神舟"六号，也显得格外的漂亮，一身洁白的外衣犹如少女的婚纱，带着自信，带着依恋，带着骄傲，也带着中华民族伟大复兴的微笑，呼啸着飞向浩渺无垠的太空！

北京时间 17 日 4 时 32 分，"神舟"六号返回舱在内蒙古四子王旗中部草原成功着陆，飞船返回舱和两位航天员各项情况良好。当费俊龙、聂海胜两名英雄航天员簇拥在欢呼的鲜花丛中的时候，我脑海里突然想起了毛泽东主席那首著名的《咏梅》词：俏也不争春，只把春来报。待到山花烂漫时，她在丛中笑。

链接：新中国航天大事记

1960 年 9 月 10 日：用国产燃料成功发射首枚苏制近程弹道导弹

1960 年 11 月 5 日：成功发射首枚我国自行研制的地地导弹

1966 年 10 月 27 日：成功发射我国首枚导弹核武器

1970 年 4 月 24 日：成功发射我国首颗人造地球卫星"东方红一号"

1975 年 11 月 26 日：成功发射我国首颗返回式卫星

1980 年 5 月 18 日：成功发射我国首枚远程运载火箭

1981 年 9 月 20 日：成功进行我国首次"一箭三星"发射试验

1987 年 8 月 5 日：首次为国外提供卫星搭载服务

1999 年 11 月 20 日：成功发射我国第一艘试验飞船"神舟"一号

2003 年 10 月 15 日：成功发射我国第一艘载人飞船"神舟"五号

2005 年 7 月 12 日："神舟"六号载人飞船发射成功

（此文发表于 2005 年第 11 期《报告文学》，2006 年荣获中国报告文学学会、《报告文学》杂志社"先锋杯"保持共产党员先进性教育全国报告文学征文大赛特等奖）

九天揽月壮歌行

　　相传在遥远的亘古时代，在美丽的西昌有一个善良聪慧的彝族姑娘，叫慈莫领扎。她能在羊毛披毡上织出栩栩如生的世界。她织的花儿，能引来蝴蝶；她织的蝴蝶，能招来蜜蜂；她织的蜜蜂，能领来布谷鸟；她织的布谷鸟，能唤来贝母鸡；她织的贝母鸡，会请来公山羊；她织的公山羊，会邀来神龙鹰；她织的神龙鹰，便会驮来一个绚丽的春天。月亮仙女知道慈莫领扎的故事后，便把慈莫领扎接到了月宫，向她学织披毡。月亮仙女学了九十九个通宵，还是没有学会，于是就把慈莫领扎留在了月宫。从此，慈莫领扎就成了月亮的女儿，西昌便成了月亮女儿的故乡。"嫦娥一号"卫星就是从这里奔向月球的。

——引子

2007 年 10 月 24 日，雨后斜阳的西昌，在秋色的装扮下，天空显得更加蔚蓝，群山也显得更加妖娆。

此刻，青山环抱中的西昌卫星发射基地格外宁静。"嫦娥一号"卫星在靓丽修长的长征三号甲运载火箭的托举下，高高矗立在三号发射塔架上。发射前的各项准备工作全部就绪，"嫦娥一号"正仰望着蓝天，静静地期待着发射升空的那一刻。

下午 6 点 05 分，在紧张的倒计时结束的刹那间，随着一声"点火"的口令，"嫦娥一号"卫星带着中华民族数千年的梦想，在烈焰呼啸、大地震颤中飞天奔月……

10 月 25 日 17 点 55 分，"嫦娥一号"第一次变轨成功，近地点高度由 200 公里抬高到约 600 公里，表明卫星推进系统工作正常……

10 月 31 日 17 点 15 分，"嫦娥一号"又一次重要变轨成功，从地球轨道进入了奔月轨道，在茫茫的星空中朝着既定的目标前进……

11 月 5 日 11 点 37 分，"嫦娥一号"成功实施了第一次近月制动，完成了关键的一次"太空刹车"，顺利进入环月轨道，经过 12 天的长途跋涉，终于到达了远离地球 38 万公里的目的地……

11 月 24 日，第一批月球表面的三维图像资料传回地球，图像数据清晰完整，传递通道畅达快捷……

11月26日上午9点，温家宝总理来到北京航天飞行控制中心第一指挥大厅，亲自为"嫦娥一号"传回来的第一张月球表面图像揭幕。在热烈欢庆的气氛中，在大幅的月球表面图像下，温家宝总理发表了重要讲话。当他讲道"我国首次探月工程的圆满成功，使中华民族千年的奔月梦想开始变为现实"的时候，全场航天科技人员脸上洋溢着自豪的笑容，眼里饱含着激动的泪水。经久不息的掌声在大厅里回荡……

12月12日上午10点，中共中央、国务院、中央军委在人民大会堂举行"庆祝我国首次月球探测工程圆满成功大会"。胡锦涛总书记和新一届中央政治局常委集体出席，更增添了大会的隆重和喜庆。中共中央总书记、国家主席、中央军委主席胡锦涛向广大航天科技工作者深深鞠躬，怀着无比喜悦的心情向世界宣告："我国首次月球探测工程的成功，是继人造地球卫星、载人航天飞行取得成功之后我国航天事业发展的又一座里程碑，实现了中华民族的千年奔月梦想，开启了中国人走向深空探索宇宙奥秘的时代，标志着我国已经进入世界具有深空探测能力的国家行列。"当他满怀深情地讲到"全体中华儿女都为我们伟大祖国取得的这一辉煌成就感到骄傲和自豪"的时候，大会堂响起了雷鸣般的掌声！总书记的讲话和经久不息的掌声，是党和人民给予中国航天人的最高褒奖和崇高荣誉！

北京航天飞行控制中心的所有监控数据表明，"嫦娥一号"全部仪器运行正常，探测飞行的科研任务有序展开，我国第一次绕月工程取得了圆满成功！我国成为世界上继美国、俄罗斯、日本和欧洲之后第五个实现探月计划的"月球俱乐部"成员！

绕月：中国航天史上的第三个里程碑

中华民族是一个极富想象力而又充满浪漫色彩的民族。古往今来，面对悬空高挂的皎洁明月，我们的祖先曾经给予了无数诗意的赞美和无尽的遐想。是华夏祖先第一个将中国最美丽的仙女"嫦娥"送上了月球，"嫦娥"奔月的故事脍炙人口、流传千年。广寒宫也许是中国人在月球上"建筑"的第一座玉宇琼楼。然而，在现代航天史上我国"探月"的步伐曾一度落伍。

1958年8月17日，美国发射了世界上第一颗月球探测器"先驱者0号"率先迈出了人类探月的步伐。

1959年1月2日，苏联发射了"月球1号"探测器，"月球1号"成功地从月球表面6400公里的高度飞过。

1966年1月31日，苏联又发射了"月球9号"软着陆探测器，成为首个在月球上实现软着陆的探测器。

1969年7月16日，美国将搭载了3名宇航员的"阿波罗 11 号"飞船送上了月球，完成了人类的首次登月。此后，又有 5 艘阿波罗飞船成功完成了登月任务，先后共有 12 名宇航员在月球上留下了人类探月的足迹。

在 20 世纪 60 年代探月高潮结束之后，随着美国总统布什 1989 年宣布了"要在 21 世纪第一个 10 年内重返月球"的计划，人类在 21 世纪又一次掀起了探月高潮。

2003 年 9 月 27 日，欧洲成功发射了第一颗月球探测器"智慧 1 号"，标志着欧洲探月活动的正式开始。

2007 年 9 月 14 日，日本"月亮女神"探测器发射升空，开始了为期一年的绕月探测活动。

人造地球卫星、载人航天和深空探测是人类航天活动的三大领域，而月球探测则是深空探测的首选目标。1984 年联合国通过的《月球条约》明确规定："月球及其自然资源是人类共同财产。"月球探测，具有重大的政治、经济、科研意义，不仅是一个国家航天技术水平的重要标志，更是一个国家综合实力的重要体现。

中国是一个发展中的大国，中国应该对人类做出较大的贡献！改革开放以来，特别是经过近几十年的发展，我国已经在人造卫星和载人航天技术领域取得了重大突破，开展以月球探测为重点的深空探测是我国航天事业发展的必然选择。中国应该在月球探测和深空探测这一高新技术领域占有一席之地！"晚干不如早干！"这是我国几代航天人发自内心的呼唤。

早在 1998 年国防科工委起草的《中国的航天》白皮书中，首次提出了"开展以月球探测为主的深空探测预先研究"的建议。2002 年中国政府组织精兵强将开展了探月工程的前期论证工作。先后共有 150 多位专家、50 多名院士参加了前期的论证和实施的准备工作。

2003 年 6 月，温家宝总理等党和国家领导人详细听取了中国航天专家的探月工程论证专题汇报。2004 年 1 月 23 日，正值中国的农历大年初二。在浓浓的春节气氛里，温家宝总理正式批准了《中国月球探测第一期工程——绕月探测工程》计划。

探月工程中心迅速组建，以栾恩杰为总指挥、孙家栋为总设计师为核心的绕月工程总指挥系统和总设计师系统全部到位。一大批中青年科技人员挑起了绕月探测工程的大梁。在绕月探测工程领导小组第一次会议上，大家一致同意将探月工程正式命名为"嫦娥工程"，将第一颗月球探测器命名为"嫦娥一号"。

2005 年 2 月 3 日，这是一个让中国航天人永远难忘的日子。这一天，胡锦涛总书记和其他中央政治局常委一起听取了探月工程组织和工程进展情况的汇报。胡锦涛总书记充分肯定了中国探月工程的重大意义，并亲切嘱托全体参加试验的人员，"要精心组织、周密部署、科学管理、奋力攻关，夺取工程的圆满成功！"总书记的嘱托，给了全体科研试验人员极大的鼓舞和力量！

月球深空的探索挑战、经济科研的基础条件、祖国人民的殷切希望以及中国应该对人类做出较大贡献的崇高信念，这一切都激励着中国航天人九天揽月的壮志豪情，推动着中国航天人迈出深空探测的坚定步伐！继人造卫星、载人航天之后，中国航天人满怀信心地树起了我国航天发展史上更具辉煌意义的第三个里程碑！

神箭：为了确保百分之百的成功

用最可靠的运载火箭发射"嫦娥一号"，这是实现"嫦娥"奔月成功的关键一步。这个历史使命自然就落在了长征三号甲运载火箭身上。

长征三号甲运载火箭是我国 1986 年为"东方红 3 号"通信卫星自行研制的三级大推力火箭。它在充分继承原长征系列运载火箭成熟技术的基础上，又进行了 100 多项技术攻关，并突破了氢氧发动机、四轴惯性平台、氢能源伺服机构和冷氦增压系统四大关键技术，成为集高新技术为一体、代表我国最高技术水平的运载火箭。以长征三号甲火箭为芯级，捆绑 4 枚或 2 枚液体助推器，组成了更大推力的长征三号乙和长征三号丙系列火箭。长征三号甲系列火箭既可以一箭单星也可以一箭多星发射，既可以用于标准地球同步转移轨道发射，也可以用于超同步转移轨道或低倾角同步转移轨道发射，以及深空探测器发射，还可以在飞行过程中实现测向机动变轨、多次起旋、消旋、定向等。长征三号甲系列火箭运载入轨精度高、适应能力强，发射卫星的入轨精度可以与阿里安、宇宙神等世界名牌火箭媲美。目前，长征三号甲火箭已经进行了 14 次发射，创下了百分之百的成功纪录！

"一次成功不等于次次成功，次次成功不等于下次成功！"为了实现华夏民族那个美丽的传说，曾经创造长征三号甲运载火箭百分之百成功纪录的队伍，为了确保"嫦娥一号"准确入轨，又开始了严格的管理"归零"起步！他们要用每一个工作环节、每一个工作人员的"零缺陷、零故障、零疑点"来确保百分之百的成功！

虽然发射月球探测器和发射地球卫星用的运载火箭没有根本性的区别，但"嫦娥一号"还是具有一些特殊的要求：

首先，要求运载火箭具备足够大的推动力。要使"嫦娥一号"冲出大气层，进入地球大椭圆轨道并获得理想的轨道高度，必须达到每秒 7.9 公里的第一宇宙速度。"嫦娥一号"要奔向远离地球 38 万公里之遥的月球，还必须获得不低于每秒 10.916 公里、接近第二宇宙速度的推动力。

其次，运载火箭的第三级必须具备多次点火工作的能力。"嫦娥一号"卫星通过长征三号甲火箭第一、第二、第三级火箭的第一次点火，进入地球停泊轨道，在停泊轨道上滑行一段时间后，第三级火箭第二次点火，使"嫦娥一号"加速。并进入近地点200公里、远地点51000公里的地球大椭圆轨道，再经过16个小时的运行，"嫦娥一号"依靠自身携带的火箭发动机，通过多次加速进入地月转移轨道，开始她奔向月球的航程。

探月工程要求运载火箭必须具备很高的技术水平和极高的安全可靠性。纵观人类探月的历史，由于运载火箭故障原因造成探月失败的占相当大比例。由于运载火箭系统的故障，卫星要么未能离开地球，要么就是与月球擦肩而过。

2007年，是中国运载火箭技术研究院建院五十周年，也是中国长征系列运载火箭第100次发射之年。面对"嫦娥一号"任务的挑战，面对100次发射新的历史起点，中国运载火箭技术研究院院长吴燕生，这位当年四十岁的清华大学高才生、已经执掌这个两万多人研究院六年的领军人物，带领全院干部员工认真落实科学发展观，严格执行"零缺陷"管理和"一次就把事情做好、做对"的理念。在全院大会上他不止一次强调：每一个环节的失误，都会导致整体的失败！只要每一个人都能确保工作上的"零缺陷"，就一定能够确保火箭发射百分之百的成功！这就是科学管理的铁律！对于科研人员来讲，成功永远是第一位的！没有成功，就没有生存和发展的基础；没有成功，就无法报答祖国和人民！成功是航天人的硬道理！为了中国航天事业的发展，吴燕生院长始终把确保成功作为全部工作的头等大事来抓。在研制"嫦娥一号"运载火箭的同时，长征系列火箭又进入了一个高密度的发射期，目前在手的发射合同总计就有 51 次，平均每年有 11 次。面对快速发展的形势和高要求的艰巨任务。吴燕生院长要求要正确看待成功。冷静面对成功，越是在成功的时候，越是要保持清醒的头脑。弘扬"永不停步、永保成功、永攀高峰、永创一流"的航天精神，把个人理想与祖国需要、个人利益与祖国利益紧紧联系在一起，创造出无愧于人生、无愧于祖国、无愧于历史的辉煌业绩！

在长征三号甲运载火箭的研制过程中，人们只要一提到副总设计师罗巧军，就会从内心深处发出由衷的敬意。这位文静瘦弱、朴实无华、办事较真、说起话来又比较急促的女副总师，从 1989 年进入北京航天动力研究所以来，从事了将近二十年长征三号甲火箭三级氢氧发动机的研制工作，为长征三号甲系列火箭发动机的研制做出了突出的贡献。在二十年如一日从事的长征三号甲系列火箭发动机研制工作中，最令罗巧军难以忘怀的就是实现了发动机校准试车后不分解交付飞行的技术创新。一提起发动机校准试车不分解技术，人们都忘不了五年技术攻关的艰难历程。过去低温发动机都是在做完地面整机试验后，再分解进行单体检验，重新组装。重新组装后，又可能产生新的偏差。能不能做到整机试验后不分解校验？许多老专家都提出了这样的设想。实现这一点，不仅可以大大提高发动机的可靠性，而且可以大大缩短生产周期和降低成本。在罗巧军的带领下，研制小组经过大量的理论论证和一系列的试验后，终于攻克了五大技术难关，先后实现了发动机不分解情况下动密封的确定、健康状况的诊断、整机干燥的处理，以及单机组双机工艺技术的创新，在发动机整机氦检漏关键技术的突破上，还获得了国家专利。这项技术的突破，不仅实现了发动机老专家多年的梦想，而且在长征系列火箭百次发射中立下了汗马功劳，为实现长征三号甲系列火箭高密度发射奠定了技术基础。

"嫦娥一号"卫星发射是今年高密度发射以来的第九次发射，任务之艰巨、时间之紧迫在长征三号甲系列火箭研制史上前所未有。由于发射任务频繁，发动机的生产、试验和长达 8 个月的发动机批量抽检试车工作同时展开，罗巧军一直奔忙在生产、试验一线和发射基地。为了在"嫦娥一号"发射前把运载火箭的所有问题彻底归零，她以高度的责任感带领研制队伍进行质量复查。加班加点是家常便饭，彻夜无眠更是司空见惯。"五一"假日她一直忙碌在发动机验收试车和故障归零的工作现场，一周下来她整整瘦了 6 斤。正当罗巧军为"嫦娥一号"发射最紧张忙碌的时刻，她父亲的脑溢血第三次发作，严重的病情使老人家几乎变成了植物人，沉重的打击使罗巧军陷入了极度的悲痛之中，但她一想到肩上的使命和责任，就又立即全身心地投入到繁忙的工作之中。在紧张的发射基地，罗巧军告诉我，她最大的愿望，就是在"嫦娥一号"发射成功之后，立即回家看望病卧在床的老父亲，尽一点做女儿的责任，实现她"忠孝两全"的心愿！

在这样一个群体里，像罗巧军这样催人泪下的感人故事实在是太多太多。六十七岁高龄的火箭系统总设计师贺祖明，不顾年事已高，始终站在研制试验的最前线。最困难、最危险的地方，都能看到他忙碌的身影。火箭控制系统女副总师姜杰，为确保火箭控制系统的可靠性，硬是在发射基地连续工作了十个月，用她自己的话讲，"真是太忙啊，我们连得病的时间都没有！"在为"嫦娥一号"拼搏的日子里，为了确保长征系列火箭发射成功的最高声誉，火箭研制队伍里的每一个人，都像神圣的军人一样，有一套专用的行囊，只要一声令下，背起背包就出发。也许，在父母临终、妻子临产、儿女临考时，许多人都会留下人生的遗憾。但每听到长征系列火箭发射成功的喜讯时，所有的遗憾都会化为他们人生中最难忘、最精彩、最自豪的回忆！

卫星：为了实现技术的创新与跨越

2004年，在中国政府正式宣布启动绕月探测工程的一次记者发布会上，有一个记者问："今天距美国'阿波罗'实现人类首次登月已将近四十年了，'嫦娥一号'卫星在技术上有什么突破和创新吗？"中国科学院院士、"嫦娥一号"卫星系统总指挥、总设计师叶培建，这位曾获得瑞士纳沙泰尔大学科学博士学位的学者微笑着回答说："不错，'嫦娥一号'起步是晚了点儿，但我们起步晚，起点并不低。在技术上，别人有的，我们会有；别人没有的，我们也要有！"寥寥数语，充满自信，掷地有声！

中国航天人向全世界公开承诺，"嫦娥一号"的目标是："首飞成功，精确变轨，绕月飞行，有效探测。"为了实现"嫦娥一号"卫星技术的突破和创新，在中国航天科技集团公司空间技术研究院院长袁家军和叶培建总设计师的带领下，"嫦娥一号"卫星研制团队也开始了一场历时三年艰苦卓绝的技术创新历程。

国际上走在深空探测最前沿的国家，进行月球探测的第一步，往往都是选择"撞"或"掠"。利用卫星撞向月球或从月球身边掠过的时间，对月球进行基本的探测。而"嫦娥一号"的起点就选择了"绕月"！

在浩瀚缥缈的宇宙太空里，要使"嫦娥一号"顺利奔向距离地球38万公里之遥的月球，卫星轨道设计是必须解决的首要问题。按照设计方案，"嫦娥一号"卫星升空后，首先要在地球调相轨道上运行，然后进入地月转移轨道，在到达月球前"急刹车"进入月球捕获轨道，最后进入绕月工作轨道。如何在异常复杂的太空环境下计算出这样一条精确的卫星轨道路线？这项被誉为探月工程四大难题之一的挑战性任务，经过艰苦卓绝的攻关，终于在中国空间技术研究院总体部系统工程室杨维廉研究员挂帅的工作小组手里出色地完成了。

杨维廉是一位在国内外享有盛名、从事了四十多年卫星轨道设计的大师。他毕业于北京大学数学力学系数学专业，曾在美国斯坦福大学航空航天系深造。在斯坦福大学学习期间，他在美国工程院院士 J.V.Breakell 教授指导下，论证了一种新的地球引力场"质聚模型"的可行性和有效性。Breakell 教授称赞这个研究结果"解决了一个多年未解决的难题"，并拍着杨维廉的肩膀夸奖说："你是一个比我还聪明的人！"

卫星轨道设计是极其复杂而又具有决定性的。卫星探测器在地月之间的飞行涉及地球、月球和卫星三体问题，历代天文学家和数学家的潜心研究至今仍未找到三体问题的分析解。杨维廉经过反复的论证和无数次的演算，通过采用将摄动小参数的选择加以修正等一系列创新方法，终于找到了一种精确解算地月转移轨道的数值方法。调相轨道的选择计算、地月轨道的设计选择、月球卫星冻结轨道偏心率推算研究……一个个探月轨道设计中的难题都巧妙地迎刃而解。杨维廉和他率领的卫星轨道设计工作小组，以世界领先的水平填补了我国航天技术上的空白。

为了确保卫星轨道设计百分之百安全，研究院在邀请全国专家进行了一轮全面设计复核之后，又专门与3家有轨道设计能力的单位协作，再一次进行了"背靠背"的复核。复核的结果，3家单位一致认为：这是一条设计精确的卫星奔月轨道！

　　在卫星轨道复核的过程中，曾经有人给杨维廉建议应该再请俄罗斯专家复审验证一下。杨维康自信地说："如果俄罗斯人计算出来的结果和我不一样，那么不是我的不对，肯定是他的不对！"对这句斩钉截铁、充满自信的结论，杨维廉解释说，"首先轨道模型都是一样的，其次计算我们是反复核算的，另外我还用美国另外一颗成功的卫星做了验证。理论根据和推理计算都是很清楚的，我们没有任何担心！探月卫星轨道设计尽管难度很大，但我们水平很高！"说到这里，这位性格开朗的六十六岁智慧老人开心地笑了。

　　在全世界目睹"嫦娥一号"奔月的途中，整个飞行所经历的调相轨道、地月转移轨道、月球捕获轨道和环月工作轨道全都处于理想状态！按照设计要求，卫星轨道控制误差允许百分之二，但卫星实际轨道控制误差只有万分之三，卫星运行轨道精度整整提高了两个数量级！由于运行轨道设计和控制的精确，还减少了两次预定的轨道调整。在绕月变轨成功后，一位参与合作的欧洲空间操作中心专家兴奋地打开了一瓶香槟酒，连声称赞道："中国第一次探月卫星的轨道设计和控制就如此精妙，真是了不得啊！中国人实在是太聪明了！"

月食问题，是"嫦娥一号"卫星必须突破的又一大难题。"嫦娥一号"卫星在一年的寿命期内要经历两次月食的考验。在月食发生时，太阳光被挡住，"嫦娥一号"进入了异常寒冷幽寂的地球阴影之中。从零上130℃的最高温度到零下180℃的巨大温差，这对于依靠太阳能供电的卫星和依靠一定温度正常工作的仪器来讲，真是一场决定生死的重大考验！为了确保卫星的供电能力和卫星的温度维持能力，"嫦娥一号"卫星热控系统主任设计师邵兴国和他的年轻团队勇敢地挑起了这一闯关重担。邵兴国接手"嫦娥一号"卫星热控系统研制任务后，越深入研究越感到挑战的艰巨。因为当卫星在环月飞行中进入地球阴影之后，太阳就无法照到卫星上，在这种状态下，首先是太阳能系统能不能满足卫星的正常供电需要；其次是没有了太阳外热流，卫星将在阴影区停留长达300分钟的时间，卫星的温度会急剧下降，一旦卫星被"冻僵"了，后果将不堪设想。邵兴国这个1986年走上工作岗位的热管专家，二十多年来的勤奋钻研和扎实积累，使他在"嫦娥一号"热控设计中发挥了突出的作用。为了使卫星能够满足月食期间的供电需求，还能抵御月食带来的巨大冷热温差，邵兴国带领研究小组成员广泛收集了国内外有关月食期间月球热环境变化的资料，大胆创新了卫星热控技术设计方案。在1000多个日日夜夜里，他们经历了一次次研究、一次次设计、一次次研制、一次次实验，在无数次兴奋、失望、困惑和喜悦之后，终于创造性地提出了"两舱热管热耦合技术"及其系统方案，既解决了卫星在月食状态下的供电问题，又解决了巨大温差下卫星所有设备热不着、冻不着的问题。他们给卫星的外壁巧妙地贴上金灿灿的超级隔热材料，使卫星能够在高温时有效隔热，在低温时有效保暖，他们戏称这是给卫星穿上了一件"棉袄"。

同时，他们还在卫星的关键部位装上光学太阳反射镜，可以在高温下将 90% 的太阳辐射能量反射回太空，他们说这是给卫星穿上了一件"汗衫"。在保温"棉袄"和散热"汗衫"的共同作用下，最终给卫星创造了一个最合适的温度环境。为了确保卫星上每一台设备都能在良好的热环境条件下工作，他们还在卫星体内设置了 160 个计算机控制的温控点，如同一根根敏感的神经及时调节着每台设备的温度。2006 年 11 月，这一技术方案在整星热平衡大型实验中获得了圆满成功。看着一组组预期的实验数据和一个个满意的测试结果，邵兴国这个年轻团队每一个成员的脸上都露出了久违的笑容。这一技术设计方案首次在我国绕月卫星上的成功应用，给这批年轻人带来了多么巨大的激励和鼓舞啊！

"嫦娥一号"要从人类居住的地球奔向 38 万公里之遥的月球，需要经历从火箭起飞到星箭分离、从星箭分离到第三次近地点变轨、从第三次近地点变轨结束到第一次近月制动、从第一次近月制动点火到最后进入环月工作轨道等多次复杂的轨道调整和姿态控制，控制精度要求很高，调控适时性很。特别是在绕月飞行期间，卫星探测器要对月球定向，阳能电池帆板要对太阳定向，数据传输天线要对地球定向，一切都必须依靠"嫦娥一号"的制导、导航与控制系统（称 GNC 系统）来完成。因此，"嫦娥一号"对 GNC 系统的能、性能和可靠性都提出了很高的要求，GNC 的成败直接着"嫦娥一号"能否实现绕月飞行的目标。

我过去发射的地球卫星定位，大多采用适合地球环境的红外敏器来进行控制，但月球没有大气层，也没有稳定的红外辐节，所以"嫦娥一号"的定位就不可能继续采用已有的红外敏感器。为了确保地球对月球指向三体定向的精度要求，GN 团队在副总设计师黄江川和主任设计师张洪华的带领，通过了工作谱段选择、光学系统材料选择、视频电路研制、态确定计算和设备标定测试等五道关口，设计研制出了适对月遥感的紫外敏感器。紫外敏感器成为我国第一个以月球为观测目标的光学姿态敏感器，第一个具有 150 度大视场的成像式敏感器，第一个工作在紫外谱段的光学敏感器，还创造了若干项具有国际先进水准的自主知识产权。"嫦娥一号"卫星在 GNC 系统下达的指令下，完成了一系列复杂的发动机变轨控制，精确的轨道、舒展的身姿、自如的操作，真像一场精彩无比的太空杂技表演。"嫦娥一号" GNC 系统成为我国集成创新、原始创新、引进消化吸收再创新的一个成功典范!

"嫦娥一号"卫星研制的团队,是一支非常年轻的团队。副总指挥龙江,三十四岁。副总设计师孙泽洲,三十七岁。总体主任设计师饶炜,三十六岁。整个卫星研制团队的平均年龄不到三十岁!但就是这支平均年龄不到三十岁的青春团队,创造出了许多中国航天史上令世界瞩目、中国第一的历史纪录:"嫦娥一号"是我国第一个进入月球轨道的航天器;第一个在飞行中实现 8 次变轨的航天器;第一个使用紫外敏感器进行姿态调控的航天器;第一个实现远程测控通信的航天器……

在这一个个"第一"的背后,记载着中国航天人一串串催人泪下的故事,凝结着中国航天人呕心沥血创新的智慧,彰显着中国航天人赤诚报国的追求!

今天,"嫦娥一号"正以中国使者的骄人姿态、伸展着长达 18 米的双翼,带着中国人几千年的梦想和骄傲,翱翔在宇宙深空繁星闪烁的月球轨道上。

通信:为了捕获珍贵的天籁之音

绕月,这是中国航天史上迄今为止最遥远的航程。绕月探测,这是中国航天人探测宇宙技术追求的最新目标。架设地月间畅通的无线通道,捕获珍贵的天籁之音,实现对卫星测控信号和数据的传输，这是检验"嫦娥一号"工程是否圆满成功的最终标志。

要通过浩瀚无垠的茫茫太空，把38万公里之外的月球探测信息送回地球，射频信息的损失是可想而知的。据专家介绍，"嫦娥一号"发射的信号到达地球时，只有近地轨道卫星信号的几十万甚至几百万分之一。此前，我国测控技术只能达到略大于地球同步轨道卫星的高度，而要完成月球探测任务，必须大幅度提升我国远距离测控技术的水平！要保证在任何情况下，地面站都能清晰、可靠地收到"嫦娥一号"下传的遥测信息，并将地面指令准确发送到卫星，减少卫星信号"损失"、提高地面接收"听力"就是两个十分重要的基本环节。

被誉为我国空间飞行器有效载荷研制基地的中国空间技术研究院504所，在所长张洪太、副所长兼指挥陈泓的率领下，一百多人的专业团队，对卫星测控天线和数据传输系统进行了大规模的技术改造创新。经过五年的艰苦攻关，这支团队终于在"嫦娥一号"发射前，拿出了达到"嫦娥一号"测控要求的、具有世界先进水平的卫星测控天线和数据传输系统。

为了减少"嫦娥一号"卫星发射信号的"损失"，卫星首次采用了大角度机械扫描定向天线。大角度机械扫描定向天线，通过双轴调整，可以实现最大信号覆盖角度达到180

度，通过电子调控，可以在卫星飞过月球正面时，不论在任何姿态下都可以保证天线始终指向地球。这一定向天线技术，不仅大幅度提高了全天线的增益和全空间的覆盖范围，而且有效减少了回传信号的功率损失。这一在卫星体外工作的定向天线，不仅涉及机械制造、电子传输、热控技术等系统的复杂配合，而且还要保证在火箭发射升空过程中天线系统的安全。为了确保这一定向天线在"嫦娥一号"首次应用成功，他们从设计、制造到调试、保护，所有环节的工作都几乎做到了极致！为了提高地面信号的接收能力，地面测控系统在原有的基础上又在山东青岛和新疆喀什新建了两个18米的天线"大锅"，还在我国第一次把天文精确观测技术应用到卫星地面测控系统，并在北京、上海、乌鲁木齐、昆明等地都建立了测量站，大大提高了地面测控系统的支持能力。为了高质量地做好星地对接实验，测控系统的队员们又不辞劳苦地拉着几十个装满实验设备的大箱子，从2006年8月1日至9月30日，历时两个月，转战4万里，不仅跑遍了国内所有的卫星测控站，而且还奔赴德国欧洲空间操作中心、南美智利测控站进行了对接实验。为了确保天地间这一宝贵通道的可靠，在"嫦娥一号"卫星上天前，为了验证测控全向天线的指标，在我国航天史上第一次采用了整星状态下测控全向天线紧缩场测试的测试方案。在每一个工作环节的保证下，测试的结果都是令人满意的，实践证明卫星在天上的表现也是令人满意的。

三十七年前，当《东方红》乐曲从天际飞行的"东方红1号"卫星传回地球时，全国城乡一片欢腾，那种兴奋、喜悦如同春花，瞬间开遍华夏。今天，"嫦娥一号"卫星又以更高的技术水平给中华民族带来了一次比三十七年前更大的兴奋和惊喜！她把搭载着的全国公众投票征选出来的30首中国乐曲，从美丽而神秘的太空清晰地传回了地球。脍炙人口的《谁不说俺家乡好》《爱我中华》《歌唱祖国》《梁山伯与祝英台》《我的祖国》《走进新时代》和《二泉映月》等歌曲，从太空深处传来，通过电视、通过收音机我们可以甚至可以真切地听出是哪位歌唱家，是哪种乐器演奏的！这优美的旋律、昂扬的节奏，又一次使整个中华民族深深地自豪、陶醉……

"嫦娥一号"卫星在研制初期，并没有设计音乐存储播放的功能，在由初样转为正样研制的时候，总体设计才提出这一新的要求。一个紧急会议把十多位专家"关"到了一起，集中研究方案，集体攻克难关，专家们本着"更改最小、确保可靠"的原则，采用最先进的数字化技术，在"嫦娥一号"卫星上单独设计了一个音乐"多宝盒"。利用卫星数据传输系统的传输通道，把具有五千年文化传统的中华民族音乐经典，洒向群星闪烁的宇宙，回放给人类居住的地球！

在"嫦娥一号"绕月飞行中，我们就是靠这个技术和可靠性都是一流的卫星系统、地面测控系统和地面应用系统，架起了天上人间的无形通道，把8种有效载荷设备获取的珍贵月球信息准确、真实地记录下载下来。一组组图片、一组组数据正源源不断地从月球轨道上传回地球……

我们领先于世界，第一次对月球表面进行了全月面三维立体照相，获得了覆盖整个月球表面的影像资料，成为世界上第一个绘制立体月球地图的国家，对人类更好地了解月球的地质构造和演化历史提供了参考数据……

我们对月球表面的有用元素进行了初步探测，编制了月球表面各元素的分布图，把美国对5种元素的分布与含量的探测，扩大到14种……

我们首次利用微波辐射技术测量了月壤的厚度，并估算了月壤中氦-3的分布和资源储量。氦-3是地球上极其稀少的能代替石油的能源，假如利用它发电的话，可能满足人类上万年的能源需求……

我们还探测了地月空间环境，研究了太阳活动对地球环境的影响。这是我国第一次获得7万公里以外地月环境的第一手原始资料……

尾声：航天人已将目标锁定 2020 年

当整个中国都沉浸在"嫦娥一号"绕月成功的喜庆时刻，

我来到了刚刚从发射基地风尘仆仆归来的国防科工委主任、绕月探测工程领导小组组长张庆伟和中国航天科技集团公司总经理、绕月探测工程领导小组副组长马兴瑞的办公室。从肩负中国航天历史使命"少帅"的脸上。我看到了成功的喜悦，看到了自信的微笑，更看到了他们目光中闪烁出来的对未来征程的渴望和责任……

他们告诉我，"嫦娥一号"的成功仅仅是中国绕月探测工程的第一步，第二步、第三步的任务更艰巨、更重要、更辉煌！他们如数家珍地给我描述着第二步、第三步的精彩画面：

根据我国月球探测工程"绕、落、回"三步走的战略规划，我国将在2013年前实现月球软着陆探测和自动巡视勘察，突破地外天体的着陆技术。我们发射的月球探测器，携带着月球车，软着陆后自动探测着陆区的地形地貌、地质构造、月岩的现场探测和采样分析……

2020年前，我国将发射可以自动返回地球的月球探测器，突破自地外天体返回地球的技术。探测器在月球上自动搜集月壤和岩石并返回地球。在地球上对取样进行分析研究，为人类下一步登月选址提供数据……

"目前，我们绕月探测工程的全部人员，正在全力以赴地总结第一步绕月工程的经验，开始第二步绕月工程的起步，规划着我国航天技术的更大创新！"听着他们执着的话语，看着他们坚定的表情，我脑海中闪出了一幕幕难忘的场面：

2007年8月13日上午，在"嫦娥一号"卫星进场动员暨出征仪式上，中国空间技术研究院院长袁家军带着庄严和神圣的表情，深情地对全体出征的队员说："在夺取中国航天历史上第三个里程碑胜利出征的时刻，我们想到了祖国，想到了使命，想到了航天人的荣誉。我们要用成功报效祖国！用成功实现使命！用成功赢得航天人的荣誉！"

2007年9月22日上午，在长征三号甲运载火箭进场动员暨出征大会上，中国运载火箭技术研究院院长吴燕生面对全体出征队员，铿锵有力地说："这是一次报效祖国的机会，这是一次锻炼队伍的机会，这也是人生一次千载难逢的机会！祖国在召唤我们，祖国在期待着我们！成功是我们最高的目标，成功是我们压倒一切的原则！"

2007年10月2日，在长征三号甲运载火箭、"嫦娥一号"卫星"两总"工作会议上，绕月探测工程总指挥栾恩杰，这位身经百战的航天老专家也激动地讲："我们一生，进了不少次发射场，但具有历史意义的发射并不多；我们有不少记忆，但终生难忘的并不多！我们这次任务，既是一次使命，也是一场创新，更是一次有历史意义的难忘的光荣！"

2007年10月3日清晨，在细雨蒙蒙、群山环抱的西昌卫星发射基地，一场庆祝新中国58岁生日的特殊升旗仪式在这里举行。五星红旗在微风中冉冉升起，国防科工委主任张庆伟面对 300 多名发射试验队员，神情庄重地说："大家要牢记中国航天第三个里程碑的光荣使命，发扬航天人严慎细实的优良作风，确保首发成功！"在庄严的国歌声中，马兴瑞总经理、雷凡培副总经理带领全体发射试验队员庄严地举起右手："发扬'两弹一星'精神、航天精神和载人航天精神，认真操作，精心测试，严格判读数据，全力以赴，确保'嫦娥一号'卫星发射圆满成功。不辜负中央领导的嘱托，不辜负全国人民的期望！"响亮的誓言在青山秀谷中久久回荡……

这一幕幕画面，使我激动不已，使我热泪盈眶！

这一幕幕画面，使我走进了中国航天人这个普通而又特殊的群体！说他们普通，是因为他们同普通人一样，都有血有肉、有父母儿女，他们也需要普通人一样的生活。说他们特殊，是因为他们有着对事业的崇高追求，他们心中牢牢铭刻着祖国！铭刻着集体！铭刻着奉献！铭刻着成功！

有这样的群体，是中华民族的自豪！在这个群体的奋斗下，中国的航天事业一定会奏出大气磅礴的恢宏乐章！

（此文发表于 2008 年第 1 期《中国作家·纪实》）

澎湃东方

——领舞全球 MDI 的烟台万华

20世纪80年代，一位西方技术权威曾经断言："中国人依靠自己的力量是搞不出 MDI 的。"MDI 化学名称叫异氰酸酯，它是广泛应用于建筑保温、轻工纺织、汽车家电、军工航天、表面材料等领域的聚氨酯高分子聚合物的重要原料，长期以来，生产技术一直被巴斯夫、拜耳、亨斯曼和陶氏化学等几家跨国公司所垄断。西方技术权威的断言，无疑给中国发展 MDI 蒙上了一层更加神秘的色彩。

历史往往不会按照西方人的预言而演变。十几个春秋刚刚逝去，新技术革命浪潮澎湃东方，在世界东方的中国芝罘湾畔，有一个名曰"烟台万华"的技术团队，知耻而后勇，发出"不自主创新就只能是死路一条"的呐喊。他们高擎自主创新之旗，立足中国，培育国际竞争实力，为祖国母亲争光，为中华民族争气，创造了聚氨酯工业在中国迅速崛起的惊世奇迹，让整个世界聚氨酯行业都感觉到了来自东方大陆的震动。

三十年河东，三十年河西。中国万华人不仅用自己的创新实践击碎了"西方魔咒"，而且还创造了世界聚氨酯工业的"中国速度"，"烟台万华"已成为了举世瞩目的全球 MDI 的领舞者。烟台万华，终于以其独具特色的创新实验走出一条发人深思、令人振奋，让所有中国人扬眉吐气的成功之路。

历史记忆："中国之痛"与"中国之梦"

丁建生又一次感到了切肤之痛。

在欧洲一个跨国公司参观考察时，这位容易激动的山东汉子面对远远矗立着的堪称世界最先进的 MDI 装置，刚刚向前迈进了一小步，就被身旁的一只手挡了回来，理由是：技术保密，不得靠近。

热血一下子涌上土生土长的中国 MDI 专家的脸颊。

往事不堪回首。曾几何时，"穿皮鞋难"问题，竟然牵动着一个人口大国最高领导机构的中枢神经。

1978 年的一个静悄悄的午后，一缕阳光照射在中南海一间办公室宽大的办公桌上，时任国务院副总理的李先念目光深邃，沉思良久，终于在一份关于合成革项目的文件上写下几行批示："应当把它作为重点建设项目，因为人们太需要了"，"望快点谈成为好"。让人格外关注的是，此合成革项目引进的三套设备折合人民币 2.298 亿元，加上公用工程投资，总概算 4.6235 亿元，相当于国家当年财政收入的 4‰。

李先念说的"望快点谈成为好"是指从日本引进的合成革装置，其中包括与之配套的只有 20 世纪 60 年代水准的年产 1 万吨的 MDI 装置。后来才知晓，这项协议是在对方没有召开股东会的情况下签订的，日本企业的英国大股东知晓后曾大发雷霆，但悔之晚矣。这是一项知其然而不知其所以然的交钥匙工程，日方在转让合同中就苛刻地约定：只能转让生产许可证，十年之内不能在国际市场销售产品。这意味着，除了操作知识，中方没有得到任何核心技术。

那真是一个激情燃烧的岁月，当时展开大会战的合成革厂区是在烟台的一片沙石掺杂的荒凉地带。初春深秋，沙尘飞扬，迷得人睁不开眼；严冬大雪，早晨醒来被子上一层雪屑一层沙，常常来不及吃口热饭，想起来时馒头已经冻成硬块，只能放在棉袄里暖暖；"一脚踹"的平房里，既是卧室，又是办公室、值班室、会议室，外面下着大雨，屋里小雨淅沥……

这毕竟是梦开始的地方，这是 20 世纪充满诱惑与先机的"中国之梦"。然而，或许没有多少人意识到，正是这个令人心驰神往的"中国之梦",让日后的万华人谈到自己和同事的辛劳、付出和做出的巨大牺牲时,谈到国家、民族、家庭、老人和孩子时,每个人眼里都会闪动着泪光。新时期以来,在中国,大概没有任何一个行业,像搞聚氨酯的万华人这样承受着如此巨大的压力,付出如此巨大的努力,背负着如此巨大的"中国之痛"。

1983年8月1日,引进设备中工艺最复杂的异氰酸酯(MDI)生产线开始投料试车。

没想到,装置建成后,运转却极不稳定,物料堵塞、泄漏频发,现场常常弥漫着刺鼻的苯胺、盐酸、氯苯的味道,一个月停车三四次是"家常便饭",每次停车最少要抢修三天,为了尽快恢复生产,MDI车间全员24小时连轴抢修。风雪肆虐的框架上,三两个人组合成一组,相互搀扶,站在二十几米高的框架上用蒸汽融化管线,往往一站就是几小时;清罐时,罐内高温难耐、物料混杂,大家举着高压水枪轮流上,出罐后脸上常常被物料烧出水泡;天气闷热时,光化装置周围异味弥漫,大家憋上一口气冲进装置抢修作业,再冲出来呼吸点新鲜空气;没有专业工具,大家用扳手、铁锹、自制螺纹和钢筋,冒着生命危险疏通管线,有一次发生爆炸,技术带头人丁建生倒在火光硝烟里……

所有这一切,皆因自己手里不掌握核心技术啊!十年希望求索路,漫漫长夜盼天明。装置日渐老迈,产品质量差,工艺落后，能耗高，效率低……面对困境，这支奋战的队伍渴盼着转机的到来。

可是，中国聚氨酯工业的出路究竟在哪里呢？

20世纪80年代末，国内MDI需求出现井喷式增长，国家先后批准四套技术引进MDI工程立项，均因国外公司技术封锁而搁浅。逼上梁山的万华人不得不走上面向日本的"求亲"之路，日方回复："新技术不行，只能转让旧技术，技术软件费17亿元，最多只能扩产到1.2万吨。"天价转让费将万华拒之门外。

此后，万华人经历了五年向欧美跨国巨头寻求技术转让的艰苦谈判之路。一次次期盼，又一次次失望。一个跨国公司曾表示，只要万华能拿出中国市场调研报告，就能开启合作之门。虔诚的万华人为了能交出"老师"的作业，组织了近20人的团队，用时半年，跑遍了大江南北。"学生"交出作业，"老师"说不合格，"学生"只得推倒重来，又耗时数月重新交卷。可"学生"苦苦等来的却是"老师"自己在中国建厂的消息。万华人等来的是被人欺骗"脱了裤子让人看"的羞辱……

这是不堪忍受的中国之痛！经过五年艰苦谈判，曾试图以中国市场换技术希望破灭，艰难而屈辱的技术引进经历让万华人发出了一句泣血呼号："真正具有市场竞争力的技术是引进不到的！技术创新能力也是买不来的！"

现实不相信眼泪，市场更不相信眼泪。刻骨铭心的阵痛之后，万华开始走上产学研联合的自主研发之路。伴随着简称为"9688工程"大幕的开启，万华的创新之帆高高扬起！夜以继日的摸索，反反复复的实践，终于让万华人从艰难的汗水和泪水中找到了技术的诀窍，闯出了自己的技术特色之路。当年庆祝MDI装置生产能力达到年产1.5万吨的鞭炮声则让整个芝罘湾畔沸腾……

可是，国内仍有人替万华捏一把汗。一出生就"与狼共舞"的万华人能够在世界市场的舞台上同西方大公司同台竞技吗？这些激情澎湃的华夏子孙能够抚平"中国之痛"将这个令人振奋的"中国之梦"变为现实吗？

中国在等待。世界也在等待来自东方大陆的答案。

发愤为雄：市场博弈中的"中国赢家"

万华技术创新插上腾飞翅膀是缘于观念突破与机制转变。

1998年12月20日，这是中国聚氨酯工业史上需要记住的日子，因为就在这一天，烟台合成革MDI分厂经过改制，成立了烟台万华聚氨酯股份有限公司，中国人自己的MDI专家丁建生脱颖而出成为公司的领导者。2001年1月5日，在公司郭兴田等人的努力下，经历了艰难的上市之路后，烟台万华登陆上海证券交易所，成为山东省第一家先改制后上市的公司。

从此，万华迎来了创新图强的新时期。

万华确立的新的发展观是：凡是不适合市场竞争的，凡是不利于生产力发展的，都必须创新；怎么适应市场竞争，怎么适应生产力发展，就怎么干。

体制创新使出资者真正到位，股份制改造，明晰产权，完善了法人治理结构，对能为公司创造价值的管理骨干、技术骨干建立了长期激励约束机制。凤凰涅槃，让万华来了个彻底的脱胎换骨，充满生机。

丁建生大胆提出了"科技进步奖励办法"，得到了集团领导的鼎力支持。成果实现产业化后连续五年按净利润的15%提成科研奖金，按照国际化的标准建立科研人员薪酬体系及与行政职务对等的研发人员职级晋升体系。这些在当时许多国有企业想都不敢想的改革举措，彰显了科技人才与创新的价值，极大地激发了科技人员的创新热情。

在丁建生的大力倡导下，以"引才、育才、借才、用才、留才"为主要内容的人才工程深入人心。

在万华，一直流传着一个"总裁为引才三顾茅庐"的动人故事。毕业于浙江大学、曾留学日本的华卫琦博士，在丁建生的上门邀请下，抱着试试看的态度来到烟台，丁建生亲自接待诚挚相留。然而，几天后华卫琦婉言谢绝了万华的邀请。丁建生得知后，亲自飞往杭州，在美丽的西子湖畔倾心长谈。丁建生与华卫琦的第三次会面，可以说是充满科学的理性和事业激情的心灵碰撞，华卫琦被丁建生开放进取的思维和对中国聚氨酯事业的满腔豪情所吸引和折服，丁建生则被华卫琦优秀的科研素质深深打动。最终华卫琦离开了生活舒适的江南城市，舍弃了原单位条件优越的承诺而加盟了万华，成为万华的技术管理者和学术带头人……

丁建生始终把技术创新作为"第一核心竞争力"来培育。在万华，"鼓励创新，宽容失败，重奖成功"让每一个技术人员为之动容。一套连续精馏装置技改后创造了效益，按规定奖金高达 92 万元，奖，还是不奖？丁建生拍板："奖！现金从银行取回马上发放！"新型反应系统设计失败，付出 5000 万元沉重代价，丁建生挺身而出，主动承担责任，科研人员的眼里闪动着泪光……

那是一些何等艰苦的岁月啊！科研人员几乎吃住在实验室，没日没夜地苦干。他们驾驭的科研之舟，出海——沉船——再出海——再沉船……几年的殊死拼搏，使连续缩合、光气合成、光化反应、连续精馏、溶剂回收、能量集成、节能降耗、资源回用等技术难关一一得以突破。MDI 产能由年产 1.5 万吨扩至 8 万吨，产品质量实现质的飞跃，达到了国际跨国公司水平。到 2002 年年底又将产能扩至 10 万吨，同时开发出了年产 16 万吨的 MDI 制造技术，标志着万华具备了建设大型 MDI 装置的能力，在世界 MDI 产业布局中占有了举足轻重的地位，从跨国公司的扼制封杀中突出重围！

2001 年，外国巨头在中国兴建年产 16 万吨 MDI 项目获批，将刚刚走出困境的万华再次推向了市场竞争的风口浪尖。没有思考时间，万华，一个固定资产只有 4 亿元的公司，做出了建设 16 万吨装置，投资 40 多亿元的决策！

2002 年，跨国巨头开始以低于本国售价 700 美元的价格倾销其产品，倾销幅度达到 50%，极大压缩了万华的利润和市场空间。万华按照 WTO 法则果断提出反倾销申诉，使国内低迷已久的 MDI 市场价格恢复了常态。

要在同西方跨国公司博弈中成为最终的赢家，奋起应变的万华人唯一的出路就是在最短时间内获批年产 16 万吨 MDI 项目，并抢在跨国公司之前建成。2002 年 4 月 30 日，国务院批准万华 16 万吨建设项目立项，2003 年 2 月 19 日，国务院批准项目可行性研究报告。从 2002 年开始，丁建生率领项目选址工作小组跑遍了大半个中国，最终选定了靠近市场、具有优良港口资源的宁波大榭岛。

2003 年 8 月的一天，有一个名叫廖增太的年轻人站在了大榭岛靠近海边的一片荒地上，淡淡的夕阳将他消瘦的身影拉得很长很长。这位被中外施工者尊称为"廖总"的工程总指挥迎着扑面而来的略带些海腥气息的海风眯起双眼，眺望没有边际的蓝色海面，目光中透出自信与坚定，并从心底自问了一句："这就是我的工地我的码头？"

有谁会知道这位鼻梁上架着眼镜看上去有些文气的"廖总"肩上的担子有多沉重？他将面临怎样的挑战？在这个荒岛上即将展开的万华年产16万吨工程建设，在时间上，同巴斯夫与亨斯曼在上海的年产16万吨项目几乎同时开工，这是一场同西方跨国公司博弈的命运之战，杭州湾两岸，一场没有硝烟的战争正在打响，谁抢占了先机，谁就能够抢先占据市场的主动权。

万华这支年轻的管理团队和颇具开拓能力充满睿智的廖增太没有让丁建生和远在烟台的总部失望，他与激情澎湃创新思维活跃的丁建生一拍即合，在项目建设之初就提出"按照国际标准，实施一流管理，建设一流工程，培养一流人才"的要求。工程还未开始，筹备处就组织了各方专家用时一年编制了400多页的《工程协调程序》，做到了工程未动，制度先行，搭建了既分工明确又通力合作的特殊的科学管理模式，这使得工程有法可依，有章可循，有力地凝聚了三方合力，成为工程快速顺利进展的秘密武器。

2003年8月8日，伴随着打桩机地动山摇般的巨大轰响，决定中国聚氨酯工业命运排山倒海的大决战终于开始了！

丁建生和廖增太像两位手指灵巧的钢琴家，在惊涛拍岸的大榭岛上弹奏出最动人心魄的华美乐章。为确保工程进度与工程质量，总指挥部成立了由业主、总包、监理三方组建的质量管理委员会。建设期间责罚分明，每周定期现场稽核，召开质量例会，形成了一个严密的质量管理团队。为向国际水平看齐，多次邀请美国著名工程公司专家现场咨询培训，通过精确找错法、OTP的推广学习，控制和消灭工程缺陷，确保了一流的工程质量。引进美国杜邦安全管理体系，以优秀业绩获得全国首批28家"国家安全标准化一级企业"认证。

项目建设工期紧、任务重，全体参建员工为工程建设付出了辛勤的汗水。近三年的建设时间里，参建人员"5+2""白加黑"，一心扑在工程建设上。许多人同时参加工程设计、施工、采购和生产准备等多项工作，筹建处小楼的灯光常常通宵达旦；气温达到40℃时，管线已经烫得放不上手，大家依然对管线逐一进行试压、冲洗、气密、氨渗，员工们的衣衫湿了干，干了又湿；海上台风多次肆虐，工业园的施工资料、DCS设备、在建装置却得以精心保护。为了这项牵动人心的世纪工程，万华人将自己的安危置之度外。

2005年11月23日，在全体参战人员拼搏奉献、紧密配合下，万华宁波年产16万吨MDI装置一次投料试车成功，东港电化、万华热电、万华码头等也先后完成配套项目建设。这比国外巨头上海项目提前9个月投产完工，成功抢占了竞争制高点，标志着万华面对跨国公司的巨大压力勇于亮剑，南下建设大MDI装置的战略构想完美实现，万华终于在实践中具备了自主知识产权产业化的能力和参与全球竞争的实力。

2007 年初，应用自行开发第四代反应技术，对装置进行改造，使产能达到年产 24 万吨；经过装置运行优化，2008 年 5 月初，装置产能达到年产 30 万吨。2010 年 12 月 23 日，万华宁波工程二期 MDI 项目及气化、硝苯等配套工程一次性开车成功，一个全球规模最大、产业链配套最合理、成本最低、质量达到国际领先水平的 MDI 制造基地在万华人的手中诞生。万华宁波工业园以年产 16 万吨 MDI 装置为核心的工程建设得到了社会各界高度肯定，获得国家科技进步一等奖、国家工程建设质量金奖等殊荣，习近平、曾培炎等党和国家领导人都曾登岛视察，对万华宁波工业园的建设给予了高度评价……

应该将中国聚氨酯人羞辱的历史扔进太平洋了。"中国聚氨酯速度"的又一座里程碑昂然崛起，中国聚氨酯人期盼的一个激动人心的黄金时代——中国时代真的到来了！

万华模式：一个创新型组织的动力之源

丁建生为万华创新工程绘制的路线图是：观念创新是先导，体制创新是前提，技术创新是主线，管理创新是基础，文化创新是保证，人才创新是关键。

这就是万华人在实践中创造的"万华模式"。

2008 年 7 月的一天，已成为烟台万华聚氨酯股份有限公司总经理的廖增太来到董事长丁建生的办公室。廖增太目光中传递着兴奋，对丁建生说："我想在公司提出'三化一低'的经营理念，进一步提升公司的运营质量。"

"哪'三化一低'？"丁建生问。

"全球化、差异化、精细化、低成本。"廖增太回答。

"好，我同意，大胆干吧，只要是创新的东西我都支持。"丁建生语气中透露出对眼前这位年岁比自己小许多，但才华横溢作风务实的"最佳拍档"的信任与欣赏。

立足长远，落实"三化一低"经营哲学，提升卓越运营水平，公司开始引进、实施 SAP 企业资源系统（ERP）、精益六西格玛、卓越绩效等管理提升项目，为公司管理系统的持续进步提供有效支持，使公司的创新基础得到进一步夯实。先进的管理理念使公司获得"CCTV 最佳雇主"和连续两届"翰威特中国最佳雇主"称号。

以全球化视野和意识思考工作，优化配置公司一切资源；发挥创新性思维能力，通过产品、服务、管理差异化实现"人无我有、人有我精、过去没有现在有，过去不精现在精"；以永不满足、追求卓越的态度，止于至善的行动来对待每一项工作；持续优化管理，打造低成本的核心竞争力成为企业共同的追求。

何为一个创新型组织的动力之源？承担社会责任，真诚回报社会，营造健康、安全、环保的环境，努力成为受社会尊敬的企业。这就是新时期万华的特殊使命与企业价值观。

作为一个创新型组织，将以什么样的姿态面对世界？万华的回答是：向人类家园负责，必须做到一丝不苟。万华要以"零伤害、零事故、零排放"的责任关怀行动彻底消除化工企业是环境污染代名词的偏见。

2008年申报国家环境友好工程奖时，浙江环保部门有人提出推荐万华，也有专家当即质疑："怎么能从化工企业里选？搞不好会白浪费一个名额！"

数月后，有一群表情凝重的不速之客走进万华宁波工业园，东看看，西摸摸，一言不发走遍工厂的每一个角落。当客人在会议室落座后，国家环保部的一位司长终于抑制不住内心的激动第一个发言："这里是我看到的最好的工厂，可以用三'不'来形容，看不见（污水），听不着（噪声），闻不到（气味）。是一个国内不多见的真正的现代化高科技绿色化工园区！"

环保专家们在万华看到了什么如此激动？他们看到了一条独具特色的循环经济绿色产业链，所有废水、废料、废气都得到有效回收重新利用。这种将"三废"吃干榨净再利用的创新工艺让人叹为观止。置身于这座花园式工厂里，你会感觉到这里的人们怎样关注着设备的呼吸，水清清，天蓝蓝，山绿绿，花艳艳……

当万华宁波工业园项目通过国家环保部专家评审，高票当选 2008 年环境保护最高奖——国家环境友好工程奖时，万华人首先想到的依然是自己的使命。

追求卓越就是在每一项工作中始终保持空杯心态，把优秀当成习惯……珍视和发挥每一位员工的才华，人人都是人才，人人都能成才……企业感恩社会、感恩员工，员工感恩企业、感恩国家。感恩凝聚力量，感恩净化心灵……拼搏奉献是关键时刻挺身而上、能打善拼，面对任何困难时，无怨无悔的坚守，发自内心的热爱，真诚自愿的全心付出……以开放包容之心，行团队制胜之道，鹰一样的个人，雁一样的团队……

万华发展至今，逐渐形成了诚信、正直、感恩、节俭、团队制胜的务实文化；一首《万丈光华》的厂歌，凝聚着万华企业文化的全部豪情：这是一条奔向太阳的路，一路奋发图强，一路创业艰苦，手牵手从小到大，肩并肩从无到有，辉煌中永不满足，奉献里感受着幸福；心交心英才广聚，情中情心灵归属，泪水伴着汗水流，不舍得这份火热的坚守……

万华文化，一个创新型组织的动力之源！

东方之约：山高我为峰的跨越崛起

2011 年 1 月 31 日，一个见证历史的时刻在匈牙利首都布达佩斯到来了，万华跨出国门斥资 12.6 亿欧元成功并购匈牙利 Borsodchem 公司签字仪式正式举行。这一被外国权威机构投票评为"2010 年度欧洲、中东、非洲地区最佳并购案"的成功落幕，使万华拥有了中东欧最大的异氰酸酯制造基地，在海外拥有了 24 万吨 MDI、25 万吨 TDI 及 40 万吨 PVC 装置。标志着万华本土化向全球化转变在寡头垄断行业实现全球战略制约与平衡迈出了坚实的一步。

立足中国，培育全球竞争实力是丁建生提出的万华发展战略。

有这样一组数字或许能够说明万华技术创新已取得的行业地位：MDI 单位能耗比同类技术低 20%，比最初引进技术低约 85%；单位产能投资比同类技术节省 40% ~ 50%；聚合 MDI 产品质量全球最好。成功开发出了 20 种 TPU 新产品、20 余个改性异氰酸酯新产品和 40 多个聚氨酯组合料及材料应用技术，全面实现产业化。开辟出农作物制无醛生态板新兴聚氨酯应用领域，建成世界第一套零甲醛农作物秸秆板生产线。成功研发出具有自主知识产权的 HMDI、HDI、IPDI 等异氰酸酯新产品。已在 2010 年广州国际涂料展正式推出了 40 余款环保水性聚氨酯。万华已成为亚太规模最大、全球发展速度最快的聚氨酯供应商，全球最具竞争力的 MDI 供应商，欧洲最大的 TDI 供应商；行业唯一的国家聚氨酯工程技术研究中心，首批国家创新型企业，国家技术创新示范企业，在烟台、北京、宁波和美国休斯敦建有四大研究基地；唯一拥有 MDI 自主知识产权的中国企业，全系列异氰酸酯制造技术、农作物秸秆板技术世界领先……

这是何等令人瞩目的成就啊！

IPDI、HMDI、HDI、HMDI 新产品，副产品氯化氢循环利用技术、气相光气化法制 TDI 技术、废盐水回收循环利用技术、HPPO 制环氧丙烷技术、连续平压生产农作物秸秆技术、聚氨酯水性化、无溶剂化和可降解技术、绿色表面材料……万华科技创新的路还很长、很长！

不知在多少年前，丁建生仔细研究过全球最大化工企业巴斯夫的发展历史，也曾到过比利时的安特卫普化工园区，内心产生强烈震撼的同时，满怀向往地憧憬着烟台万华的未来，梦想着能从他的手上托出一个"东方的安特卫普"。

现在，这个机遇终于到来了，而且来得如此之快。未来数年，将在新开辟的烟台化学工业园摆开更大的战场，立足中国，放眼世界，以战略为导向，以实体运营为主体，以资本运作为手段，以创新为核心，以人才为根本，以卓越运营为目标，以优良文化为保障，突出主业实施相关多元化发展，致力于将万华发展成为具有全球竞争优势的、受行业尊重的、让员工自豪的一流国际化工公司。

所有这些，怎能不让丁建生和万华人心潮澎湃呢？

让丁建生感到无比欣慰的是，万华三次创业二次腾飞的大幕已经开启，实施一体化集成创新，一条具有全球竞争优势的一体化绿色化工产业链将在这里诞生，一座异氰酸酯综合实力全球第一，聚氨酯创新能力位居世界前列，销售收入超千亿的"东方安特卫普"将屹立于世界东方！

创新，万华发展永恒的主题。

万华，中国民族工业的一座灯塔。

离开烟台万华前，半夜醒来，我听到了酒店外澎湃的海涛声。那澎湃的海涛声中，还饱含着英雄万华人广阔的事业情怀和走向世界轰天作响的脚步声！

（此文发表于2011年10月24日《人民日报》海外版，

与朱建华同志合作）

渤海湾畔的丰碑

——重读百年"永久黄"那段令人难忘的历史

丰碑，在大地；

丰碑，在心底。

大地的丰碑，价值可以衡量；

心底的丰碑，价值无法计量，

但却实实在在，口口相传……

——题记

在辽东半岛和山东半岛相对遥望的怀抱之中，湛蓝平静的渤海湾就像一颗明亮的宝石，镶嵌在两个半岛郁郁葱葱的海岸线上。日夜奔流不息的海水浪花，默默地记载着历史发展的荣辱和变迁，深情地预示着未来美好的追求与梦想……

在"十三五"规划刚刚起步的初夏，我又一次来到了天津碱厂（现在的天津渤化永利化工股份有限公司）面积不大的企业发展历程展示厅。面对眼前一幅幅陈旧的历史老照片，一件件珍贵的斑驳老物件，一卷卷发黄的线装老资料，中国民族化学工业发展的历史足迹又一次在我眼前浮现。化工前辈百折不挠、实业报国的精神又一次给以我心灵的冲击震撼，民族化学工业先驱范旭东先生的追求、胸怀和远见又一次给以我神圣的精神洗礼。站在历史和未来的交叉点上，面对新时期"京津冀"战略全面实施的崭新机遇，我浮想联翩、心潮澎湃、感动不已。

实业救国创建"永久黄"

自鸦片战争以来，清政府腐败无能，中华民族积贫积弱，在帝国列强弱肉强食的宰割中，多少志士仁人发出了救国图强的呐喊：民主救国、文化救国、军事救国、政治救国……在众多的救国呐喊声中，中国民族化学工业的先驱范旭东先生发出了"实业救国"的呼喊，一穷二白，艰难起步。从此，范旭东先生就踏上了一条为民族化学工业奉献终身的创业之路！

范旭东先生是湖南湘阴人，1910 年毕业于日本京都帝国大学，1912 年归国，在当时的财政部任职。1913 年范旭东先生到欧洲考察盐政时，看到国外盐业在自由贸易的前提下蓬勃发展和技术先进的制碱厂，就萌生了回国创办中国人自己的制碱厂的宏愿。

制碱必须要有原料：盐。1914年7月20日，范旭东先生就在海盐丰盛、交通便利的天津塘沽创建了久大精盐公司。为了筹集建设资金，范旭东先生采用了西方现代企业的运作方式，将公司注册为"久大精盐股份有限公司"。中国民族工业的起步，得到了社会各界的广泛关注和支持。到1915年4月18日召开久大第一届股东大会时，已经收到股本金41100银圆。在这些股东中，有时任北洋政府财政总长的梁启超、参政院参政杨度、北洋陆军检阅使冯玉祥、北洋政府总统黎元洪、直系军阀首领曹锟、清华大学校长周寄梅、农商部长刘霖生等。鲜为人知的共产党早期政治活动家、革命烈士柳直荀的夫人李淑一也是久大精盐的股东之一。1925年年底，久大精盐的年产量达到了62000吨。久大公司"海王星"牌精盐的市场影响力逐渐扩大。

办盐厂是为了办碱厂。在成功创建了久大精盐厂的基础上，范旭东先生又积极开始了筹建制碱厂的活动。创建碱厂的第一道难题，就是盐税太重。制碱如不免税，就难以起步。范旭东先生亲笔给政府致函，请求政府给予制碱用盐免税，同时又请久大股东、担任北洋政府参议院参议兼总统咨议、政府税务处帮办的黄锡铨，利用其在政府的地位和关系反复协商，几经周折，在 1917 年 10 月 9 日终于获得了盐务署批准工业用盐免税的新政。范旭东激动地称之为："此为我国两千年盐史之第一次。"

第一道难题解决，第二道难题随之而来，制碱技术又成了拦路之虎。当时独霸世界的苏尔维制碱法，对外绝对保密，一点儿也不公开。为了解决制碱技术难题，范旭东亲自出资委托陈调甫先生，在美国学习制碱并在美国招揽技术人才，负责碱厂设计。陈调甫先生为了完成碱厂设计任务，在美国历尽了艰辛，吃尽了苦头。终于在 1919 年请到了一位美国顾问工程师窦凡尔博士，由他牵头负责并邀请了 5 名在美国留学的中国学生帮忙。

有了一个工作团队，设计很快完成。在聘请帮忙的 5 位留学生中，就有正在哥伦比亚大学攻读制革专业的侯德榜。陈调甫与侯德榜"交虽不久，相知甚深，有如昆弟"，陈调甫热情邀请侯德榜加盟中国永利，并向范旭东先生举荐侯德榜担任永利碱厂的技术主任。范旭东对侯德榜的才华和学识倍加赞赏，当即决定邀请侯德榜先生为永利碱厂的总工程师。1920 年秋天，陈调甫先生带着全套图纸回国，受命主持永利碱厂的施工和设备安装工作。1924 年 8 月，中国第一个大型碱厂建成，陈调甫不仅在碱厂设计、建设上殚精竭虑，贡献卓著，更是在荐贤用人上以大局为重，高风亮节。范旭东曾称赞陈调甫："荐贤有功，应受上赏。"

在碱厂建设施工的过程中，范旭东先生深深地感到，苏尔维制碱理论上看似简单，实则步步艰辛困难，技术问题几乎成了道道关口。为了解决一道道技术难题，也为了解决长远发展的技术储备，1922年8月，范旭东先生又做出了一个重大决定：在永利碱厂实验室的基础上，成立黄海化学工业研究社，并聘请美国哈佛大学毕业的化学博士孙学悟为社长。这是我国化学工业发展史上第一个厂办科研机构。他在《创办黄海化学工业研究社缘起》一文中讲道："第近世工业，非学术无以立其基，而学术非研究无以探其蕴。"范旭东先生认为，要发展中国的化学工业，"无论如何，科学基础必得从切实研究，不计成败，不拘缓急，一步步前进才能建立"。范旭东先生在讲到研究社名称时曾深情地说道："我们把研究机构定名为'黄海'，表明了我们对海洋的深情，我们深信中国未来的命运在海洋。""黄海"研究社成立后，紧紧盯住久大、永利公司技术发展的需求，研究出了一大批有影响、有质量的研究成果，不仅对久大、永利的发展起到了重大推动作用，而且还在国内外学术界产生了极大的影响。

1942年8月15日，在"黄海"研究社成立二十周年的庆祝活动时，范旭东在外地未能出席，但他给孙学悟社长发来了热情洋溢的贺电："记得当初扶起'黄海'这个小宝贝，老兄异常高兴，曾经说过，愿意拿守寡的心情替中国抚养他，这话一转眼20年了，我始终觉得太沉重。现在孩子大了，老兄平日教他有志趣，有骨头，有向学的恒心，有优良的技术，他一点点都做到了，丝毫没有使老兄失望，这绝不是偶然的。人生如其说应当有意义，这总算得了人生的意义，况且继往开来，还有多数志同道合的社员在。"

"黄海社"成立以来，不仅广揽贤士、培育人才，而且，在范旭东、孙学悟创造的这种宽松向上的研究环境中，涌现出了一大批像方心芳、魏文德、王培德、赵博泉这样的年轻人才，后来都成为新中国化学工业管理部门和企业的负责人。就连周恩来总理都称赞说："永利是个技术篓子。"新中国成立后，看到新中国蓬勃发展的新气象，"黄海社董事会"申请加入中国科学院。中国科学院于 1952 年 2 月 29 日以公函同意接管"黄海社"，同时将"黄海社"改名为"中国科学院工业化学研究所"，任命孙学悟为所长。

从 1914 年久大精盐公司的成立，到 1949 年 1 月 17 日塘沽的解放，"永久黄"三个团体整整奋斗了三十五年。它的每一步发展都充满了奋斗的艰辛，同技术、装备和管理的探索，同政府官僚的博弈，同英商卜内门公司的竞争，"七七事变"后率众入川，艰难西迁……"永久黄"的横空出世、"永久黄"的顽强发展，不仅预示着中国制碱工业的起步，拉开了中国民族化学工业艰难发展的大幕，而且也为中国近代工业发展树起一座永久的丰碑！它的意义，正如范旭东先生 1928 年在永利碱公司第五届股东会议上所讲：永利的事是

"应当做"的，现在的国家，如果自己不能造酸制碱，就算没有办化学工业的资格；没有这个资格，就算不成其为国家。我们常说创办制碱工业，将近非有"超人的精神"是不能成功的。它的技术艰深，全世界不过42个厂，其中4/5是属于一个系统的，它们严守秘密，办事人都是终身服务，后起的工厂想要延聘真正有经验的人帮忙，是很不容易的。

在久大建厂第一个三十年时，范旭东先生还十分动情地讲道："三十年间久大的成就，在本身业务上的表现，还远不如间接的来得伟大。黄海化学工业研究社在化工学术上的贡献，永利化学工业公司在基本化工界的业绩，永裕盐业公司在国际经济战线的胜利，荦荦大端，足够惊人。这在国内都是创造，在当时没有一件不是国家所不理、社会所不谈的……就是我辈伙计，躬逢其盛，亲眼看到他们弟兄，个个头角峥嵘，又何尝不欢欣鼓舞，与有荣幸！"

"永久黄"的巨大成就，在当时的中国足以让每一个国人倍感自豪。1926年8月，在美国费城举办的万国博览会上，首次参展的红三角牌纯碱，一举夺魁，荣获博览会金质奖章，这是中国参加万国博览会的工业产品第一次获此殊荣。据史料记载，从清末到民国时期，以民商、公司及政府名义共参加了16届世博会。在16届博览会上，中国曾经获得过两次金奖：第一次是1851年"荣记湖丝"获博览会金奖，第二次是1915年"贵州茅台酒"获博览会金奖。这两个金奖都是手工艺品、农副产品。永利的"红三角"获得金奖，不仅填补了中国工业产品获得国际金奖的空白，而且更让世界刮目相看的是，博览会评委称"红三角"纯碱是"中国近代工业进步的象征"。

求贤若渴成功全靠"人助"

事业都是靠人干的，成功全靠"人助"。范旭东先生曾多次讲道：古今有力有心的人，只因生不逢时，厄于环境的，何可胜数？我们应当切记勿忘，莫忽略了"人助"这个因素，贪天之助是自取灭亡之道。"永久黄"的成就得益于范旭东先生的用人，范旭东先生的用人显示了范旭东的胸怀。范旭东先生用人有许多生动的故事，最典型的莫过于对美籍工程师李佐华和大家熟知的侯德榜的使用。

1921年侯德榜在美国为永利碱厂设计图纸和采购设备时，认识了美国著名制碱厂的机械工程师李佐华。侯德榜回国后，推荐永利公司聘请李佐华为总工程师。1922年，李佐华来到了中国。当时中国的化学工业是一片空白，永利碱厂建设初期极缺工程技术人员和一线操作工人。李佐华到永利公司后，以他多年的技术和管理经验，给公司的机械、化工、电工等青年技术人员授课，指导现场操作训练，培养出永利碱厂以至中国化工界第一批专业技术人员和操作工人。

李佐华认真勤奋的工作态度和作风给永利公司上上下下都留下了深刻的印象。当时永利碱厂的现场主管对李佐华的评价是："永利制碱最后成功乃至增产扩建，为我化学工业树立基础，他虽客乡，应亦首功之利。"1924年第二个聘期内，李佐华将在美国的亲属全部接到中国，全身心地投入到永利碱厂的事业中。直到1928年，永利碱厂生产全部正常，李佐华聘期已满，永利碱厂决定不再续约。李佐华举家回美国时，范旭东先生携家眷及总公司同仁热情欢送李佐华全家，并在总公司门前合影留念。

1931年，永利碱厂又提出了增产纯碱、烧碱和小苏打的计划，范旭东先生亲笔给远在美国弗吉尼亚州的李佐华先生写信，再次聘请李佐华到永利公司工作。这一次，李佐华一直工作到1936年抗日战争全面爆发的前夕。在李佐华的主持下，很快就完成了日产纯碱200吨、小苏打20吨的增产设计，建设进度和质量也都收到了预期的效果。项目建成后，李佐华又按照范旭东先生的要求，进行了纯碱日产250吨扩建设计和重质碱改造的工程设计。

1935年，随着国民政府同意南京硫酸铔厂开工的进度，李佐华又被范旭东先生聘请为铔厂的总工程师、总监工前往南京工作。当时铔厂除了聘请李佐华先生外，还聘请了两位美籍氮气工程师。由于三位美籍工程师在一些工程技术方面的意见不一致，李佐华写信给范旭东请求调离，范旭东立即给两位美籍工程师发信调查具体原因。当他了解了真实的原因并做了具体调解后，范旭东亲自给李佐华写了一封信。他在信中写道："据我所知，氨厂和酸厂的每个人，不论是高级职员还是普通员工都非常赞同您的观点和决定，而且所有的人非常钦佩您的忠心和积极工作的态度。我真诚地希望您不要犹豫，同往常一样继续履行职责，如有不满意的地方，我希望您能坦率地告诉美国同仁，我相信他会尽可能使您满意。"对于范旭东的真诚态度和协调能力，李佐华非常钦佩。他立即给范旭东先生回信，表示收回离开铔厂和回美国的想法，继续为永利服务。直到中日战争一触即发之际，在美国政府通电所有美国侨民必须在 1936 年 10 月底之前回美国的决定后，李佐华才在 11 月初完成他手头工作离开永利碱厂回美国。

1945 年 3 月，在中国抗日战争即将胜利的前夕，美国总统罗斯福根据中美双方协商的意见，派出一个由各行业专家组成的 20 人代表团，协助中方"战时生产局"指导后方工业，代表团中担任化工专家的就是李佐华。代表团一到中国，李佐华就同永利取得了联系。代表团在中国工作了两个月后回国，李佐华也一同回国。同年 8 月，在范旭东的授意下，永利公司再次聘请李佐华到中国为永利服务，从 1945 年 11 月 1 日开始，聘期三年，并任命其为建设、安装、设计工程师。

李佐华从 1922 年开始为永利公司整整工作了十五年。

1945 年，当他最后一次来华时，他已是六十多岁的老人了，他对中国充满了感情，他为永利起步建设并走向发展壮大贡献了毕生的精力。1948 年 10 月，李佐华离开了他眷恋的永利回到美国。永利人是这样纪念这位美国朋友的："在中国制碱历史上，他是一个出过大力的人，至今永利老同仁极为怀念，是铁的事实。"

在永利公司发展史上，范旭东先生用人还有一位值得大书特书的就是侯德榜。侯德榜对中国制碱业有两个重大贡献，一是打破了苏尔维制碱技术七十年的垄断和封锁，揭开了纯碱制造技术的奥秘，使苏尔维制碱技术成为全人类的共同财富；二是创造了中国独具特色的"侯氏制碱法"，使全世界为之震惊。从 1916 年范旭东决心以盐制碱，到 1926 年永利生产出合格纯碱，经历了整整十年。这十年间，他们克服了制碱技术、设备、工艺等方面的诸多难题，敢于向垄断世界制碱业的卜内门公司挑战。他们坚持的唯一信念就是：一定要建成中国自己的化学工业！

1924 年 3 月，永利碱厂开始生产纯碱，由于生产运行不稳定，重碱不能及时干燥而不能连续生产，生产出的纯碱呈现红黄色或淡红色。为了解决这一难题，侯德榜在生产现场逐一工段、逐一设备进行分析研究，最终发现是碳化塔等设备腐蚀生锈的问题。经过一系列的设备改造和设备更换，1925 年的春天，色碱的原因被彻底找到并初步解决。但由于干燥锅自身的问题，生产一直无法正常进行。为了从根本上解决这一难题，侯德榜多次与范旭东协商后，决定到美国购买干燥锅，并进一步考察美国的制碱技术。侯德榜在美国采购了当时最先进、美国各制碱厂已广泛使用的圆筒回转型外热式干燥锅。这一重要设备的改进，在永利发展史上起到了关键的转折作用，从此生产进入了平稳有序的阶段。1926 年 6 月，永利碱厂生产出洁白合格的"红三角"牌纯碱后，在范旭东的授意下，侯德榜开始整理十年来永利公司在制碱过程中，特别是在工艺技术、化学反应、设备制造、生产控制、操作参数等方面的经验，进行了科学系统的归纳和总结。

1931 年 8 月 17 日，侯德榜带着基本写好的手稿离开塘沽来到美国。在美国，他进一步将手稿修改完善，并定名为《纯碱制造》。1933 年，凝结着侯德榜等创业先辈智慧和汗水的《纯碱制造》（英文版）由美国化学会正式出版。此书一经问世，立即受到世界化工界的广泛关注，美国《化学文摘》对此书全文登载并向全世界传播。侯德榜在书中将苏尔维制碱方法完整、系统、全面地介绍给世人，博得了世界学术界、工业界的尊敬，奠定了他作为世界著名化学家、世界制碱权威的崇高地位，也充分显示了中华民族兼善天下的传统美德。

抗日战争期间，"永久黄"西迁入川。在建设碱厂的过程中，遇到了意想不到的三大困难：一是四川当地井盐的价格昂贵，比塘沽海盐贵几十倍；二是苏尔维法制碱原盐利用率太低，仅为 70% ~ 75%，成本压力巨大；三是大量生产废液处理的难题。当时世界上又出现了一个纯碱生产的新工艺——"察安法"，它的最大优点是原盐利用率高达90% ~ 95%，而且不产生废液。但这个方法仅在德国有小规模间断生产。为了解决当时生产的诸多难题，范旭东以常人所没有的胆量，决定放弃苏尔维法，采用"察安法"。他掷地有声地讲道："因此抱定宗旨，情肯不做，做就做好，做就做成。对于工程设计，一定不惜再付代价，力求上进。"1938年，范旭东委派侯德榜到德国学习考察和设备采购，没想到德日两国早已暗中联盟，百般刁难，虚以应付，甚至提出丧权辱国的条件。侯德榜终止谈判，愤然回国，下决心自主研究新法制碱。

在当时的战争状态下，材料和仪器极度紧缺，范旭东先生决定将实验室迁到香港，侯德榜在纽约进行遥控指挥。侯德榜对试验要求十分严格，整个试验设定十几个条件，每个条件重复做 30 次，循环试验 500 次，分析了 2000 多个样品，研究人员每天工作 12 小时以上。在将近一年夜以继日的反复、扎实试验下，试验工作取得了重大突破。侯德榜的试验不仅发现了"察安法"的缺陷，修改了所谓的"定论"，而且还进行了不少重大的改进，通过侯德榜的自主研发，一个新的制碱方法已悄然形成。为了表彰侯德榜新法制碱的功绩，

1941 年 3 月 15 日，在侯德榜不在场的情况下，范旭东亲自提议将新法命名为"侯氏碱法"，并在第二天同永利碱厂众多同仁联名致函，向太平洋彼岸的侯德榜表示祝贺！

1943 年秋天，范旭东和侯德榜在永利川进行了新法制碱连续性半工业化的试验，结果不足百天试验成功，证明了"侯氏碱法"的优越性。这一方法合理利用氨碱两厂的废料，既提高了原盐的利用率，降低了成本，又免除了排放废液的难题。它的设备比苏尔维法减少 1/3，纯碱成本降低 40％，一套工艺流程生产两种产品，投资和成本均大幅度降低。在全民抗战的极端困难时期，"侯氏碱法"的成功，不仅极大地振奋了民族的精神，而且还开创了制碱技术的新纪元，在世界制碱史上树立起了又一座丰碑！

由于侯德榜在制碱技术上的突出贡献，1943 年，英国皇家学会化工学会授予侯德榜博士名誉会员荣誉。这一天，永利公司在塘沽为侯德榜举行了盛大的庆祝会。范旭东发表了"中国化工界的伟人——侯博士"热情洋溢的讲演。他说道："在战时后方，开这样一个盛会，祝贺他得到世界荣誉。这在中国化工史上，应该是最光荣的一个节日。"范旭东先生还特别强调："侯先生谦虚自牧，绝不居功。去年 3 月厂务会议，全体同仁一致赞同命名为'侯氏碱法'，纪念他的创作。在战时中国化工界，有这样成就，识者叹为奇迹。古人有言：得人者昌。永利之所以在化工界能够有些许成就，中国化工能够跻身世界舞台，侯先生之贡献，实当首屈一指。"

范旭东在永利事业的发展中，紧紧抓住"人助"这个根本，使用了一大批精英人才，包括"大管家"余啸秋、"黄海"掌门人孙学悟、为人师表的傅冰芝，还有一大批政府要员、文人学者、社会名流……"人助"既体现了范旭东先生的胸怀，也体现了范旭东先生的人格、智慧和魅力。

"四大信条"培育企业文化

从 1914 年兴办久大精盐厂开始，到 1926 年生产出合格的优质纯碱，以至后来事业的鼎盛发展，一些不良情绪开始在公司蔓延。工作懈怠、铺张浪费、贪图安逸、索求待遇、争名夺利等问题时有发生。面对这些问题，范旭东先生和领导团队明察秋毫，多次商讨解决的办法。范旭东先生意识到，要实现发展中国实业、服务社会这一最终目的，要走的路还很长，面临的困难还很多，必须要凝聚团体的力量，抱有共同的信念，朝着共同的目标为之奋斗。

1934 年 3 月 20 日，范旭东先生亲自在《海王》期刊上发表了《为征集团体信条请同仁发言》的文章。他在文章中写道："凡欲做番事业，必定要有一个组织健全的团体，因为团体行动的力量是很大的……要统一团体意志，必要有团体信条。"他还在文章的最后，殷切地写道："希望本篇发表之后，凡属本团体同仁，无论职员、工友都认真地看一遍，并请详加考虑，把各人所感到的，一条一条地写出来。"为了搞好信条征集工作，公司还成立了"征集信条联合委员会"。联合委员会提出了团体信条的两个原则：一要提纲挈领；二要简明切实。

范旭东的建议和文章得到了广大员工的积极响应，大家踊跃投稿。用《海王》编辑的话来形容："琳琅满纸美不胜收。其中有好些是关于个人修养的……然而都是聚精会神、严密思考的产物。"在广大员工集思广益的基础上，最后由范旭东先生亲自提炼制定了"永久黄"团体"四大信条"：

（一）我们在原则上绝对地相信科学；

（二）我们在事业上积极地发展实业；

（三）我们在行动上宁愿牺牲个人顾全团体；

（四）我们在精神上以能服务社会为最大光荣。

"四大信条"全面、精辟地概括了"永久黄"团体在长期实践中形成的思想、观念、作风、道德规范和行为准则，使"永久黄"团体同仁有了共同的价值观念和信念标准。"四大信条"公布后，《海王》期刊每期都有醒目的字体刊登，一直延续到1949年9月20日《海王》停刊，历时整整十五年，在整个公司起到了潜移默化、深入人心的教育作用。

"四大信条"一经面世，也引起了社会各界的如潮好评。不少教育家、学者、新闻界人士不断来信赞扬，并在《海王》

期刊撰稿。上海、杭州、南京、汉口、广州等地的工商企业、科学工作者、大学生等也纷纷来到永利、久大、黄海化学工业研究社参观学习，有的希望取得经营管理技术方面的经验，有的则希望参加团体的工作。

在"四大信条"讨论、提炼的过程中，范旭东先生有一个很值得我们称道和学习的做法，就是企业信条要让广大员工充分参与和讨论，他把这一过程当作每一个员工自我学习、自我总结和自我教育的过程。他认为，凡是员工自我参与的东西，贯彻起来一定自觉。范旭东先生在《讲话和听话》一文中这样写道："言者心之声，人既有感觉，叫他不说出来是不应该的，也是绝对不可能的，并且人一多了，一个说一句，就要庞杂起来，所以庞杂也是不能免的。最好是顺着本性，说者尽管说，听者尽管听，我们只把说和听的方法改善，使它归纳到利最大弊最小的境地。我想最简单可行的方法，就是到了应该说话的地方，如会议席上，就千万莫缄默不语；应该听的话，如多数有识者的意见，就千万莫随更忘记。讲话和听话虽说是一件极平常的事，然而其中大有方术和研究的必要！"

"十厂计划"彰显远大抱负

作为实业家，范旭东先生一刻都没有停止过发展实业的步子。从"永久黄"不间断地改造扩产，到天津至南京的工厂布局；从纯碱到硫酸的产品延伸，到抗战胜利后的"十厂计划"，充分彰显了范旭东先生的远大抱负和创业激情。

1943年9月26日，面对抗日战争即将结束的形势，范旭东又一次致函国民政府军事委员会："化工建设，直接关系国防农工，国人属望之深，殆无其比。"并极有远见地看到："窃维战后工业建设，经纬万端，为争取时机，必当及早准备，尤以国外设计采购部分为重要，一旦停战，各国势必倾全力于复兴，彼时器材之迫切需要更甚于现金。"在信中，范旭东提出了具体的"十厂计划"。同年10月7日，国民政府军事委员会委员长蒋介石亲自批复："原则可行，希先与孔副院长及翁部长切商具体办法呈核可也。"

范旭东先生提出"十厂计划"的具体设想是："第一厂塘沽碱厂，第二厂南京硫酸铔厂，第三厂五通桥深井与新法硝酸肥料厂，第四厂南京塑型品厂（电木厂），第五厂株洲水泥厂，第六厂青岛电解烧碱漂粉厂，第七厂株洲硫酸铔厂，第八厂南京新法碱厂，第九厂上海玻璃厂，第十厂株洲炼焦厂。"

1945年9月11日，永利公司迎着抗战胜利的喜讯，再次呈文战时生产局：现在抗战胜利结束，必当争取时机加紧建设，以符国策。公司原拟计划，拟即逐步进行，以树立中国化工之基础。"谁能料到，1945年10月4日，一次急性黄疴病无情地夺去了年仅六十二岁的范旭东先生的生命。伟人的不幸去世，给永利公司、给世人、给中国民族化学工业留下了无尽的遗憾！当时，正在重庆谈判的毛泽东主席得知范旭东先生的噩耗后，亲笔为范旭东先生书写了"工业先导，功在中华"的挽联。

据说，1949年8月5日，毛泽东主席邀请侯德榜先生到中南海促膝长谈。侯德榜给毛泽东主席详细汇报了范旭东先生的"十厂计划"，毛泽东对"十厂计划"表示高度赞赏。毛泽东在会见结束时对侯德榜亲切地说："革命是我们的事业，工业建设要看你们的了！希望共同努力建设一个繁荣富强的新中国。"

※ ※ ※

历史从来都是激励现实的一面镜子。只有经历过艰难困苦的民族，才会对民族复兴充满如此强烈的渴望；只有遭遇过列强凌辱的国家，才会对强国之路充满如此坚定的追求。今天，曾经创造过历史辉煌的渤海湾，又一次迎来了伟大复兴的历史机遇，大渤海湾经济圈、京津冀一体化发展、石油和化学工业强国梦等一系列战略的推出，使安宁平静的渤海湾又一次掀起了生机勃发的春潮。

具有百年历史、拥有行业光荣传统的天津渤海化工集团，面临着整体搬迁和转型升级的历史任务。他们正在以敢为天下先的精神，在天津南港工业区 305 公顷和 1300 米的海岸线上（一期），规划着"十三五"期间"盘活两化、优化结构、开发南港、再创辉煌"的宏伟蓝图。全力实施"两化"搬迁暨渤海化工港基地建设、优化提升渤海化工园区和精细化工基地、稳步推进内蒙古能源化工综合基地三大历史任务。

"两化"搬迁总投资将近 300 亿元，将建设四大产品链：一是甲醇制烯烃产品链，建设两套年产能 180 万吨甲醇制烯烃装置，每年产出 62 万吨乙烯和 76 万吨丙烯；二是乙烯下游产品链，建设年产 80 万吨乙烯法聚氯乙烯、30 万吨聚乙烯、6 万吨环氧乙烷和 4 万吨表面活性剂项目；三是丙烯下游产品链，建设两套年产 30 万吨聚丙烯、20 万吨环氧丙烷和 45 万吨苯乙烯联产及 10 万吨聚醚项目；四是氢气综合利用产品链，建设年产 10 万吨双氧水项目，同时配套建设公用工程、码头罐区等辅助设施。整个工程建成后，可实现销售收入约 230 亿元，年均利润总额 26 亿元，年税金 17 亿元，项目建成后内部收益率可达 10.42%。

这是一次脱胎换骨的转型，也是一次跨度巨大的升级。明日的天津渤海化工集团将告别昨日以传统基础化工原料为主导的陈旧面貌，走向一个以高端化、差别化、绿色发展、可持续发展为主要特征，以新材料和精细化工为核心产品的崭新集团。

历史绝不会在我们这一代人手里中断，传统也绝不会在我们这一代人手中失传！辉煌的历史将会在这里重现，光荣的传统将会在这里焕发，创业的精神将会在这里升腾，骄人的业绩将会在这里再谱新章！

渤海湾啊，渤海湾，历史的丰碑将会在我们这一代人的奋斗中高高耸立！

（此文发表于 2016 年 7 月 4 日《中国化工报》）

图书在版编目（CIP）数据

石榴花儿红 / 李寿生著 .—北京：作家出版社，2019.8
ISBN 978-7-5212-0609-8

I.①石… II.①李… III.①报告文学—作品集—中国—
当代 IV.① I25

中国版本图书馆 CIP 数据核字（2019）第 124287 号

石榴花儿红

作　　者：李寿生
责任编辑：张　平
装帧设计：意匠文化·丁奔亮
封面题字：王　蒙
出版发行：作家出版社有限公司
社　　址：北京农展馆南里 10 号　　　邮　　编：100125
电话传真：86–10–65067186（发行中心及邮购部）
　　　　　86–10–65004079（总编室）
E–mail:zuojia @ zuojia.net.cn
http://www.zuojiachubanshe.com
印　　刷：三河市兴博印务有限公司
成品尺寸：142×210
字　　数：104 千
印　　张：5.875
版　　次：2019 年 8 月第 1 版
印　　次：2019 年 8 月第 1 次印刷
ISBN 978–7–5212–0609–8
定　　价：39.00 元